Маскарад

マスカラード

仮 面 舞 踏 会

Михайл Юрьевич Ле́рмонтов
ミハイル・ユーリエヴィチ・レールモントフ／著
安井祥祐／訳

明窓出版

京都市　小谷尚生氏画

……ムスカラートと呼ばれる年中七日に行われる奇妙な催しにも人に伴われて出てみた。場所は浮橋の傍らにある上下百十六の部屋数を持つという二階建ての大きな館で、ムスカラートはその二階で催された。催しの行われない日は空家になっていて、番人が管理しているということであった。この催しは皇子皇孫をはじめ、諸官人から、平民まで、いささかの差別もない無礼講で、参集者はいずれも思い思いの扮装をこらして覆面し、談笑散策、日没時から深夜に及んだ。所々に小部屋があり、そこでは酒や食物を売っていた。光大夫はたくさんの行事や催しものを見たが、この行事についてだけはどのように記していいか見当がつかなかった。そもそもこのムスカラートなる行事が、何のために催されるか理解できなかった。強いて憶測すれば貴人や官人たちが偽らぬ民の声を聞くためのものかと思われた……。

おろしや国酔夢譚

井上　靖

◎マスカラード　～仮面舞踏会　目次◎

登場人物

エフゲーニー・アレサンドロヴィチ、アルベーニン
ニーナ　アルベーニンの妻
ズベーズジッチ公爵
シトラーリ男爵夫人
アファナシー・パヴロビッチ、カザーリン
アダム・ペトロヴィッチ、シュプリッヒ
官吏
仮面をかぶった人
カードプレイヤー
客人
召使い
見知らぬ人

第一幕

第一場

光景一

カードプレイヤー、ズベーズジッチ公、カザーリン、シュプリッヒ。
ゲームが行われ、人々はその周りに立つ。

最初のプレイヤー　イワン、イーリッチ、わたしの番だな？

バンカー　どうぞ。

第一のプレイヤー　百ルーブル賭けます。

バンカー　よろしい。

第二のプレイヤー　さて、うまく行きますように。

第三のプレイヤー　どうも手がよくない、取り返すのに相当な幸運がいる。

第四のプレイヤー　もっと賭けてみたら。

第三のプレイヤー　それではこれでどうだ。

第二のプレイヤー　全部賭けるの、それじゃおしまいだ。

第四のプレイヤー　ねえ君、今高く賭けないと何もならないよ。

第三のプレイヤー　（第一のプレイヤーに、静かに）よく見張って。

ズベーズジッチ　全部賭けるぞ！

第二のプレイヤー　どうした、公爵さん、そう怒りなさんな。頭に血が上りますぜ。

ズベーズジッチ　余計なお節介だ、今度はお前さんの口出しはいらんよ。

バンカー　これで揃いましたか。

ズベーズジッチ　えい、いまいましい。

バンカー　さあ、払って。

第二のプレイヤー　（冗談のように）もう全部すってしまいましたね、すっからかんになったでしょう、この肩章はいくらにします？

ズベーズジッチ　大切な品だ、これはやらんよ。

第二のプレイヤー　（席を立ちながら、小声で）お前さんはその若さなら、負けてももっと慎み深くしたほうがいいんだが。

（ズベーズジッチはレモネードの入ったコップを飲み干し、陰気に隅っこに座る）

シュプリッヒ　（少し可哀想になって近寄る）いくらか金がいるのかね、公爵さん？　……多少なら低利で用立ててあげるよ……。もし必要なら百年間ぐらい支払いを待ってもいいがね。

ズベーズジッチは頭を下げ冷ややかに顔をそむける。シュプリッヒは不愉快そうにして立ち去る。

光景二　アルベーニンと他の者

アルベーニンが入ってきて頭を下げてテーブルに近寄り、カザーリンに合図をおくって彼と一緒に出て行く。

アルベーニン

どうしたのカザーリン、お前さんが賭けていないとは（やってきておじぎする）

カザーリン

俺はただ他の奴らがやっているのを見ているだけだよ。だがお前さんはどうしたのかね。ねえ、結婚して金持ちとなり、今はひとかどの紳士ではないか……。そして昔の仲間のことは忘れたりして！

アルベーニン　そうさ、もう長いことつきあっていないね。

カザーリン　仕事でずっと忙しいのかい？

アルベーニン　いや、色事なのさ、仕事ではない。

カザーリン　奥さんと一緒に舞踏会に行っているのではないのかな。

アルベーニン　そうではない。

カザーリン　今でも賭け事はやっているかい？

アルベーニン　いいや、その話はやめておこう。ここには、新しい奴はいないのか？　あの格好いいのは誰かね？

カザーリン　シュプリッヒだよ！　アダム・シュプリッヒ……。今すぐ紹介しよう。（シュプリッヒがやってきてお辞儀する）この人は私の友達でアルベーニン。

シュプリッヒ　私はあなたのことをよく知っていますよ。

アルベーニン　お会いしたことはありませんね。

シュプリッヒ　お前さんのことはよく聞いていたので前から一度会いたいと思

っていたよ。

私はあなたのことを聞いたことはないが、もうたくさん貴方から勉強させてもらいましたよ。

アルベーニン

（二人とも礼をかわし、シュプリッヒは皮肉な顔つきをして立ち去る）

カザーリン

どうもあいつは気にくわない……。今までおかしな奴はたくさん見たが、別に気にとめなかった。あの意地悪そうな笑い。目はまるでガラス玉のようだ。人を見ているのか、悪魔を見ているのか？

ふー！　ねえ君、人の見ためがどうしたというのだ。悪魔だって？

しかし人間としたら彼はまともだよ。頼んだらすぐ金も貸してくれるよ。何処のものかわからんがあらゆる言葉を話すのでユダヤ人かもしれんね。気さくな奴で物覚えはよく、何でも知っている。どこでも商売をしているし、問題がありそうなところにはすぐに顔を出す。何度もぶたれてるが、無神論の連中にも話をあわせるし、信心深い人と一緒にいると猫をかぶる。仲間内ではやくざだが、正直者の中では誠実そのもので、まあ、そのうちに君も彼のことを好きになるよ。

アルベーニン　うまいこと絵を描いたな、だがモデルがよくないや。
やあ、あの口ひげを付けてめかし込んだ、背の高い奴は誰だろう。
シャレた店をぶらつくありきたりの道楽者か？　勿論かつての切れ者で、今ではいないような射撃の名手かもしれんが。

カザーリン　それは当たっているね。あいつは決闘だか、それに行かなかったのだかで軍隊を追い出されたのよ。殺し屋になるのを恐れたんだろうね。彼のお母さんは厳しい人だった。——五年後にまた決闘を挑まれて、今度は本当にやってしまったんだ。

アルベーニン それであの背の低い男は？ ほら！ ぼろぼろの服を着て十字架とかぎたばこの袋を持ち、明るく笑っている男だよ。

カザーリン トルシチョフのことかね？ 小さいがすばらしい奴だよ！ グルジアで七年間、軍役についていた。ある将軍の副官としてね。誰かを闇討ちにして五年間監禁された後、首にかけている勲章をもらったのだ。

アルベーニン 君は新しく来た人を選り好みするんだね！

プレイヤーたち （呼ぶ）カザーリン、アファナシー、パヴロビッチ、ここへ来いよ。

カザーリン 分かった、今いくよ（おもしろそうな振りをして）勝ち逃げしたと思ってやがる。ハ、ハ、ハー。

最初のプレイヤー 早く来いよ。

カザーリン 何かやっかいなことかな？

（プレイヤーの間で活発な会話があり、その後静かになる。アルベーニンはズベーズジッチを見て、彼のところに行く）

アルベーニン　公爵、どうしてここにいるの？　初めてではないようだな？

ズベーズジッチ　（嫌そうに）同じ質問をしたいね！

アルベーニン　じゃあ、私の方から答えよう。ここには長いこといるが、誰に運がつくか見ているだけなんだよ。ある者は運が良く、ある者は破滅する。羨ましく思ったり、同情することはない。今まで夢と希望と、燃えるような情熱で人生に必要なものを忘れてしまった若者をたくさん見てきたし、最初の頃は愛情だけがすべてだった男たちも……。彼らは私の目の前で一瞬の間に滅びてしまったが、再びそのことを見る運命にあるみたいだ！

ズベーズジッチ　（アルベーニンの腕をやにわに掴み）私はもう駄目だ。

アルベーニン　ああ、そうか。それでどうする。飛び込み自殺でもやらかすか。

ズベーズジッチ
アルベーニン

いや、全く望みがない。

じゃあ、二つだけやることがある。もう絶対に賭けをやらないか、今一度座り直して賭けることだ。で、勝とうと思えばすべてを擲《なげう》って専念するんだね。愛人や友人、それに名誉も。自分の能力と魂を公平に見つめ、その上で体験してみるのだ。あらゆる動機を読み、人の……顔色を読みとることだ。長い時間をかけて自分の手を自由に動かせるようにするのだ。全て、人の道とか自然の法則なんてものを軽蔑するんだな。昼間考え、夜、賭けをする。苦しみから逃れようとせず、何が自分を苦しめるのか、他人がそのことを知り、利用されないようにね。同じくらいの腕前の人が前に座っていても興奮したりしないで、チャンスがあっても、奈落が待っていることを忘れずに。誰かがあからさまに人でなしと叫んでも、顔を赤らめないことだ。

（沈黙。ズベーズジッチはアルベーニンの言葉を聞こうともせず、興奮している）

ズベーズジッチ　あー、どうしていいのかさっぱりだ。

アルベーニン　やりたいことをやってみたら。

ズベーズジッチ　多分、つきがやってくるだろう……。

アルベーニン　いや、ここにはつきというものはないよ！

ズベーズジッチ　しかしもう全てを失ってしまった。何かいい手はないものか？

アルベーニン　それは教えられないよ。

ズベーズジッチ　では、もう一度やり直すか……。

アルベーニン　（突然彼の腕をつかまえて）ちょっと待って、私が君に代わって賭けて見よう。君は若すぎる。私も昔は若く、経験もなかったし、傲慢で君のようにせっかちだった。もし誰かがその時に意見してくれてたら……。（彼はズベーズジッチをじっと見つめてから、調子を変える）まあ、幸せのために握手しよう。そして全て私に任せてくれ！（彼はテーブルに行き皆は席を空ける）廃人の邪魔をしないでくれ！　運の赴くままやってみたいんだ。運命が、まだ贔屓筋がついているこの老いぼれを辱めるかどうか試したいのだ。

彼は賭けをやめられない。気分が乗ってきたみたいだ。（小さい声で）さあ来い。顔を伏せるなよ。往年の名手と賭けたらどういうことになるか見せてくれよ。

カザーリン

さあやりましょう。カードをもって。貴方が親で、我々が客だよ。

他のプレイヤー

（第二のプレイヤーに）注意して、目をしっかり開けて！　僕はこのできそこないは嫌いだ。奴は僕のエースをつぶしやがるんだ。

最初のプレイヤー

（ゲームが始まり、皆テーブルに群がる。時々叫び声があがる。会話が続いて、人々は憂鬱そうにテーブルを去る。シュプリッヒはカザーリンをステージの前面に連れてくる）

シュプリッヒ
カザーリン
シュプリッヒ
カザーリン
シュプリッヒ
カザーリン

（ずるそうに）皆、ひとかたまりになって群がっている。嵐が来そうだ。

一ヶ月ほどは恐ろしがるだろうな。

彼は全く玄人のプレイヤーだ。

かつてはね。

そうだったって？　今はどうなんだろう？

今は結婚して、金持ちさ。真面目にやってるよ。羊のようにみえる。だが一皮むけば畜生さ……。昔の悪い癖は直るし、性格も変わると人は言うが、馬鹿げた話だ。天使のように振る舞うが、内心はまだ鬼のままだよ、お前さん。（シュプリッヒの肩をたたき）君は彼と比べれば子供だが、心の内には、やっぱり鬼が棲んでいる。

（二人のプレイヤーが活発な会話を交わし近づく）

最初のプレイヤー　だから言っただろう。

第二のプレイヤー　今さらどうなるんだ。手強い相手にぶち当たった。勝てると思ったが次々に駄目になった。それを考えると嫌になるね……。

カザーリン　（近づいて）どうしたんだ、君たち？　手に負えなかったのだね？

第一のプレイヤー　君の友達、アルベーニンは上手すぎるよ。

カザーリン　さて、今はどうなんだ、ねえ君？

（プレイヤーたちのテーブルで歓声があがる）

第三のプレイヤー　彼は既に、百ルーブルを千ルーブルに増やした。

第四のプレイヤー　（横を向いて）それにまだ負けてないぞ！

第五のプレイヤー　まあ見てみよう。

アルベーニン　（立ちあがって）もう十分だ！

（彼は金を掴み出ようとする。カザーリン、シュプリッヒを含む他の者はテーブルに残り、アルベーニンはそっとズベーズジッチの横に行き金を与える。アルベーニンの顔は青い）

ズベーズジッチ　このことは忘れません……。貴方は命を救ってくれた。

アルベーニン　おまえさんの金もだよ。（苦々しく）命か金か、どっちが大事なのかわかっちゃいない。

ズベーズジッチ　私に大きな犠牲を払ってくれた。

アルベーニン　そうじゃない。ちょっと血が騒いだだけさ。不安な気持ちでいる頭や胸が再び活発になるようにと。貴方にとっては戦争に行ったようなものだが、私はただプレーするつもりで座ったのだ。

ズベーズジッチ　しかし、賭けに破れることもあったろうに。

アルベーニン　私が……、いいや！　楽しい時は終わった。今は全てのことを見通せるし……彼らの狡《ずる》さも知ったので、もうプレーをしないことにしたのだ。

ズベーズジッチ　貴方は私の感謝を受けようとされない。

アルベーニン　正直に言うと私は感謝をしてほしくない。私は人生の何ものにも、義務を負いたくない。しかし誰かに良いことをしたとしたら、好き嫌いの問題ではなく、それからどういう利益を得られるかを見極めたうえでのことです。

ズベーズジッチ　私はそんなことを信じない。

アルベーニン　信じてくれと頼んでいませんよ。こんなことには慣れっこになっています。怠け者でなければ、もう少し隠していたでしょう。しかし、この話はやめよう。（しばらく沈黙する）私も君もちょっと楽しみましょう。今は休暇のシーズンだし、エンゲルハート邸で仮面舞踏会があるそうだし。

ズベーズジッチ　そうですね。

アルベーニン　行きますか？

ズベーズジッチ　行きたいですね。

アルベーニン　（横を向いて）私は大勢の人の中で一休みしよう。

ズベーズジッチ　あそこには女性がいる。すばらしい女性……。あるいは噂に上っている女性が……。

アルベーニン　言いたいことは言わせておけばよいし、ほっておけばよい。マスクを付けていれば全ての役割は平等だし。マスクを付けた人には魂も地位もない、体だけだな。もし人の特徴がマスクの下に隠れていて、感情を表したいなら、マスクをとるよ。（立ち去る）

光景三

同じ場面だがアルベーニン、ズベーズジッチ公はいない。

第一のプレイヤー　うん、彼はうまく逃げやがった。……やれやれ……。

第二のプレイヤー　まあ、彼は我々の眠気覚ましだったということか。

召使い　（入ってくる）夕食の準備ができましたよ。

主人　さあ、皆さん、行きましょう。シャンパンが損を吹っ飛ばしますよ。（出て行く）

シュプリッヒ　（一人で）私はアルベーニンに話がある……まぁ食事は遠慮しておこう。（指を額につける）いや、ここでいただくかな。何か他のことがわかるかもしれんし、その後で仮装舞踏会に駆けつけるか？（まだ考え事をしながら出て行く）

第二場　仮装舞踏会（マスカラード）

光景一

マスクをかぶった人やアルベーニン、続いてズベーズジッチ公たち、集団が行き来する。左側にはソファーがある。

アルベーニン

（入ってくる）あー、つまらない、何か変わったことがないかな。いろんな人が前を行き来する……だが自分の心は冷え切って想像力は干からび、行く人は皆他人で、私も彼らのことはわからない。

（ズベーズジッチがあくびをしながら入ってくる）

ああ、新世代の人がやってくる。自分があの年ならあんな風だろうか。そうだ、公爵！　何か珍しいことに出会いましたか？

ズベーズジッチ　どうだか？　ずっとそれを考えていたんだ。

アルベーニン　ああ！　幸せの方が自分によってくるって？
新しい企てが……たとえこの世で必要だとしても。

ズベーズジッチ　マスクをしたここのご婦人方は馬鹿だよ。

アルベーニン　マスクをしたご婦人方が馬鹿ということはありませんよ。
彼女たちは黙っているだけ……不思議にもね。そうしてもうすぐしゃべりだすよ……可愛い声をだして。そうしたらいいように微笑んでじっと見てやることだ。あそこではね。あの背の高いトルコ女性の優雅な動き、情熱と自由で胸が膨らんでいる。彼女が誰か知っていますか？　きっと侯爵夫人か公女に違いない。普通はダイアナ（＊ローマ神話の女神）だが……仮装したらビーナスで、この美人が、ひょっとすると、明晩半時間ぐらい貴方のところにやってくるかもしれない。どっちにしても貴方に損はないですよ。（出て行く）

光景二

公爵とマスクを被った女性。一人の仮面舞踏会の服を着た者が近づいて止まる。公爵は考え深げにその前に立つ。

ズベーズジッチ　現実とはこんなものか？　話をするのは易しいが……いつも同じこと、あくびがでるさ……だが誰かやってくるぞ……おやおや、これはまともかも知れない。

（マスクを被った女性が人混みの中から出てきて肩を叩く）

女性　私は貴方を知っててよ。

ズベーズジッチ　非常に親しい仲らしい。

女性　何を考えていらっしゃるか……私にはよくわかるわ。

ズベーズジッチ
女性
ズベーズジッチ
女性
ズベーズジッチ

女性

ズベーズジッチ
女性
ズベーズジッチ
女性

そしたら、貴女は私より幸せということになる。（彼女のマスクの下を見る）間違ってなければ、彼女は可愛い口をしている。

私を好きになったら身を滅ぼすわよ。

誰が？

我々のどちらかが。

本当かどうか。そんな予言は怖くとも何ともない。私はそんなに賢い方ではないが、貴女が誰かぐらいはわかっているよ。

もし当てられるならね。この会話がどのように終わるかもご存じのはずよ？

少しおしゃべりして、また別々の方向へ行きましょう。

本当。（右へと、相手には伝わったらしい――訳註）

貴女は左へ、私は右に行きます。

でも、私がここにいる目的は一つで、貴方と会い、話したいということだわ。そう言ってしまった後で、私が何か妖精のように飛び去ろうとした瞬間に、「またお会いしましょう」という言葉を私の口から聞きたいために、貴方は永遠に私を忘れないし、生命を投げ出してもいいと誓うかもね。

ズベーズジッチ　貴女は賢いようだね。しかし言葉を使いすぎだよ。私のことを知っているなら、どんな人間か当ててごらん。

女性　貴方のこと？　訳の分からない人だわ。人の道に外れ、神を信じない、高慢で、性質がねじれ、しかし弱い男ね。今頃の若者の悪いところを皆揃え、煌びやかだが芯がない。自分では人生を全うしたいと思うが、情熱は失せている。何でも欲しがるが、犠牲にはなりたくない。心ない、誇りのない人を軽蔑するが、実のところ弄ばれている。ああ！　貴方って言う人は……。

ズベーズジッチ　それはちょっと誉めすぎだよ。

女性　悪いことはいっぱいしたでしょう。

ズベーズジッチ　不本意だったがね。

女性
ズベーズジッチ
女性
ズベーズジッチ
女性

ズベーズジッチ
女性
ズベーズジッチ

女性

わかるもんですか。女性は貴方に近づかない方がいいわ。

私は女性の愛など求めていない。

貴方は女性を求められないわ。

というより、女性を求めることに疲れたね。

だけど、もし女性が突然目の前に現れて「いとしい貴方」と言ったら、それでも何とも感じない？

「女性」とはどういうこと？　勿論、理想の女性のことだね？

いいえ、現実の女……他に何が欲しいの？

うん。まあ、彼女を紹介してくれ。自分でやって来て、私の前に現れたらどうだ。

ちょっと欲張りすぎてよ。自分の言ったことを思い出してね。

（ちょっと黙る）その女性はため息や、誓いの言葉、涙、依頼ごと、情熱的な言葉など望んでいない。……まあ、女性が誰かを嗅ぎ回るのはやめてね。全て黙っていることね。

ズベーズジッチ　天地に賭けて、自分の名誉に賭けて誓うよ。

女性　それじゃ、いいわ、行きましょう。これは真面目なことなのよ。

（腕を互いに取り合って彼らは出る）

光景三　アルベーニンと二人のマスクを付けた男

アルベーニンが二人のマスクを付けた男と共に入場、彼は一人の男の腕をひっぱっている。

アルベーニン　ねえ、君は僕について許せないような不名誉なことを言ったね。私が誰だか分かっているのかい？

男　分かっているよ。

アルベーニン　君のマスクをすぐ取れ！　君は恥知らずなことをしているのだ。

男　嫌だよ。私の顔のマスクを取ると君の知らない者となるよ。全く君と会うのは初めてだからな。

アルベーニン　それは信じないよ。しかし君は僕をずっと恐れているらしいね。こんなことで怒ったりするのは恥だ。臆病者、さぁ行きなさい。

男　では、さようなら。しかし気をつけたほうがいいぜ。今晩、トラブルに巻き込まれるよ。（彼は人混みの中に消える）

アルベーニン　ちょっと待て！……彼は行ってしまった。あれは誰だろう。どうも気になるな。臆病な敵だが、今までたくさんあんな奴に逢ったことがある。……は、は、は！　ねえ君、幸せにね……。

光景四　スプリッチとアルベーニン

スプリッチが現れる。長椅子にはマスクをした二人の女性が座っている。誰かがやって来て、女性の一人の手を取り言い寄る。彼女はその手を振り払い、立ち去るが、手から腕輪を落とす。

スプリッチ　誰を無理矢理に引っ張っていたのかい？　エフゲーニー・アレサンドロヴィチ？

アルベーニン　ただ友達とふざけていただけさ。

スプリッチ　勿論、冗談だろうが、ただ面白がっていただけではなさそうだ。彼は誰か他の人の名で、君のことをとがめていたよ。

アルベーニン　誰を？

スプリッチ　マスクを被った誰かを。

アルベーニン　貴方はいい耳をもってるなあ。

スプリッチ　私には何でも聞こえてくるが、聞いたことは黙っている。自分

アルベーニン　のこと以外お節介しないようにしている。それはいいことだ。だが知らないこともありましょう。知っていないと恥ずかしいこともあります……。

スプリッチ　何のことでしょうか？

アルベーニン　心配しないで。ただからかったまでさ。

スプリッチ　言ってください……。

アルベーニン　貴方には美しい奥さんがいらっしゃるとか……。

スプリッチ　ええ、それがどうしたと？

アルベーニン　（調子を変えて）あの色の浅黒い人が貴方のところに来たがっている。（彼は口笛を吹きながら立ち去る）

スプリッチ　（一人で）酒をのみほしたらいいのでは？……　貴方は私のことを笑うが、自分も詮索好きではないか。（人混みの中に消える）

光景五　最初のマスクをつけた女性が一人

女性

ああ！　息もできないわ……。彼が私を追っかけ回すので。もし私のマスクを取ったとしたら……けど、私のこととは気付いてないらしい。世間で褒めそやされ、羨まれている女が、一時の気まぐれで彼に身を任せ、愛を求めていません、憐れんで欲しいといえる時間をくださいと願い、私は貴方のものです！　と厚かましく言ったら、運命はどんな風になるのか？　彼は私の秘密を嗅ぎつけることはないでしょう。私は今は何も欲しくないし……しかし、彼のほうでは何か記念になるもの、指輪とか…を欲しがっている。……どうしたらよいの……恐ろしいわ！（床にブレスレットが転がっており、それを拾う）ああ、エナメル加工した金の腕輪……。誰かが落としたんでしょう……これはちょうどいい。彼が来たら、これをあげよう。

光景六　最初のマスクをつけた女性とズベーズジッチ公爵

ズベーズジッチ公爵が眼鏡をして、素早く人混みを押し分けて進む。

ズベーズジッチ　ああ、あそこに彼女がいる。何千人いても彼女のことはわかるぞ。（ソファーに座り、彼女の手をとる）さあ、もう私から逃げませんね？

女性　逃げたりしませんよ。さあ、何がお望み？

ズベーズジッチ　貴女に会いたい。

女性　おかしいわね。前にいるのに。

ズベーズジッチ　悪い冗談ですよ。しかし貴女の目的は冗談なんでしょう。私の目的はちょっと違うが……。貴女が愛らしい態度を示さなかったら、力づくで、その偽りのマスクをはぎ取ってやる。

女性　男ってそんなものね……満足してないのね。愛していると言っても不十分なのね……いや、貴方は何もかも欲しがっている。私の名誉を汚してでも、パーティや道で会ったら取り巻きに笑いながらアバンチュールを披露し、友達が信じなければ、私を指さして「あれがその彼女さ」と言ってのける。

ズベーズジッチ　私は君の声を覚えておこう。

女性　ええ！　それはいいことだわ。多くの女性はいつも同じような声で話すわね。他の女性と話したら、そのことがわかるわ。そうして恥をかくことになる。

ズベーズジッチ　しかし私の幸福は中途半端なんだ。

女性　でも、どうしたらいいの……。ねえ、私がこのマスクを取らないことを、貴方は幸運の星に感謝するでしょう。私は年寄りで、醜いかもしれないし……そうなれば貴方はどんな顔をするでしょう。

ズベーズジッチ　貴女は私を脅かそうとしているが、顔の半分が可愛いので全部のことも想像できるよ。

女性　（立ち去ろうとする）もう本当にさようなら。

ズベーズジッチ　ねえ！　もう少しだけ。何か記念になるものを私にくれません
か？　気も狂いそうな男に少しは憐れみをかけてください。

女性　（二、三歩離れて）そうね。お気の毒ね。ほら、この腕輪を取っ
ておいて。

（彼女は腕輪を床に投げ、彼がそれを拾っている間に、人混みの中に消える）

光景七　公爵、続いてアルベーニン

ズベーズジッチ　（彼女を捜しあぐねて）俺は馬鹿だ……気持ちを逸らすのには本当
にいい手だったな……（アルベーニンを見て声をかける）

アルベーニン　（躊躇《ためら》いながら近づく）この悪者は誰だったかな？　彼は私を知っているし……冗談では済まないぞ。

ズベーズジッチ　貴方の教えてくれたことが、大変役立ちました。

アルベーニン　それは嬉しいね。

ズベーズジッチ　しかし、幸運とは独りでにやって来るものですね。

アルベーニン　幸運とはいつもそういうものだよ。

ズベーズジッチ　チャンスを掴んだ、掴んだと思ったら突然……（手を打って）さあ、自信を持って、これが夢で実現しなかったら、私は馬鹿者となる。

アルベーニン　私は何も知らないし、そのことで争うこともないね。

ズベーズジッチ　貴方はいつもふざけていらっしゃる。この憐れな私を助けてくれませんか？　何もかも話しますから（彼の耳に囁く）いや、びっくりしました。魅惑の人は去ったが……そして、これは（腕輪を指し）夢のようだ。結果はもの悲しい。

アルベーニン　（笑いながら）ええっと、それは悪いことの始まりではなくて、

ズベーズジッチ
アルベーニン
ズベーズジッチ
アルベーニン
ズベーズジッチ
アルベーニン

……しかし、ちょっと見せて……腕輪は上物ですよ。何処かで見たような気がする。ちょっと待って……いや、違う。よく覚えてないな。

彼女を何処で見つけたらよいのか？

どの女性でもつかまえたらよいのでは。ここにはたくさんの女性がいるよ。遠くで探さなくても。

しかも、これが彼女のものでないとしたら？

そういうことはあるかも知れない。しかしかまうもんか。……想像力を使って……。

いや、私は海の底までも探します。腕輪が助けてくれる。

それじゃ、もう一回りしてみよう。しかし馬鹿でなかったら、ここには跡形もなくなっているのでは。

第三場

光景一

アルベーニン、召使いと共に入る。

アルベーニン　さて、夜が明けて満足だ。すべてを忘れられる時間となった。すべての戯言や、仮面舞踏会が頭の中でぐるぐる巡っている。一体何をしたんだろう。……馬鹿な事だ！　恋をする男には忠告を与えた。憶測は確かめ、腕輪も照らしあわせた。……詩人がやるように、人の空想にのってやった。……ああ、このような役割は年寄りの自分には向かない。（召使いに向かって）奥さんはまだお帰りではないのかい？

召使い　いいえ、まだでございます。

アルベーニン　いつ頃帰ってくるの？
召使い　十二時には帰ってくると奥様はおっしゃってましたよ！
アルベーニン　もう一時すぎだ……。彼女はまさか一晩中いるつもりではないだろうね？
召使い　よくわかりません、旦那様。
アルベーニン　本当かね？　じゃ、テーブルに蝋燭《ろうそく》の灯をつけてくれ。用があったら呼ぶよ。

（召使い出て行く、アルベーニンはソファーに座る）

光景二

アルベーニン　神様は正しいと思う。自分は過去の罪に苦しむことで罰せられているのだ。他人の妻が私を慕うのが普通だったが、今は私の妻がひとの夫を求めるようになった。……青春を可愛いコケットたちに囲まれて空しく馬鹿みたいに過ごしたが、愛してもいない相手から火のような情熱で愛された。始まる前にロマンスがどんな結果か分かっていたのに、子守がおとぎ話をするように、思ってもいない愛の言葉を繰り返していた。生きるのが大儀で退屈になりだした。誰かがいたずらに結婚したらと言ってくれ……世の中の誰も愛さなくてもいいという神聖な権利を持てるようにと。こうして私は従順な妻を持った。彼女は祭壇の生贄の羊のようにおとなしく美しかった。私が彼女をそのようにしたのだ。……そして突然忘れていた物音がした……私はおそろしかった！　愛の夢がうつろな胸の内に再び響きわたったのだ。もう一度海で、壊れたボートから投げ出された。再び岸にたどりつけるだろうか？（考えに没頭する）

光景三　アルベーニンとニーナ

ニーナがつま先でそっと入ってくる。そして後ろから額にキスをする。

アルベーニン　おや、どうしたの、ニーナ。とうとう帰る時間になったのだな？

ニーナ　もうそんなに遅いの。

アルベーニン　もう、まる一時間も君を待っていたんだよ。

ニーナ　本当？　お優しいのね。

アルベーニン　お前さんは僕のことを馬鹿だと思ってる……馬鹿な男は待つだけだ。しかし私は……。

ニーナ　そんなことはありませんわ！……貴方はいつもご機嫌がわるいのね。いつも怖い人、お慰めすることはできないわ。私がいなくて寂しかったといわれても、一緒になると怒られるものね！一言おっしゃってちょうだい、社交界へは行くなと。そしたら

アルベーニン　貴方のために一緒に生活しますよ。貴方のお友達が朝から晩まで入れ替わり立ち代り、それも、空々しい、魂の抜けた、コルセットを締めた町の伊達男たちばかり入り込んで、私とは毎日一時間ほど逢うだけ、それに二言も言葉を交わせないんです。……行くなと言ってください。……そしたら私は田舎に引っ込んで、青春を葬りますわ。パーティーや贅沢、流行、すべてこの退屈で気ままな生活をあきらめるわ。友達としてでいいから、きっぱりと言ってちょうだい。だけど誰にも嫉妬しないように、多くを語らないでね。

ニーナ　（笑いつつ）どういうことなの？　私は気軽に暮らしており、嫉妬するなんて馬鹿な。

アルベーニン　勿論ですわ。

怒っているのかい。

ニーナ　いいえ、感謝してますよ。

アルベーニン　だけど、何だか悲しそうだな。

ニーナ　貴方は私を愛していないとだけ言いたいのですよ。

アルベーニン　ニーナ？

ニーナ　何ですか。

アルベーニン　聞いてくれよ。我々は同じ運命の枷《かせ》で永遠に結ばれている。……あるいは間違っていたかも知れないが、それを決めるのはお前でも私でもない。（膝に抱き寄せ、キスをする）お前さんはまだ若いし、元気もある。だから人生の営みは、本の目次の部分を読んだだけで、先には至福と罪科が広がっている。どんな道、希望や夢のある道をとっても、遠くにはまだ待ち受けているものがある。お前の過ごした人生は清らかだった。私と結婚したときは私の気持ちや、自分自身の気持ちに気付いていなかったし、私を愛してくれていたが責任感がなく、感情を弄び、子供のようにふざけ回っている。

だが私は違った形で愛している。私は見るものも見たし、すべてのことがわかっており、愛しもしたし、嫌になったこともしばしばだが、そのことで苦しんだ。最初は何でも欲しがったし、何もかもが嫌になった自分が分からなくなり、世間も私を理解してくれなかった。

私は自分の人生を呪い、普通の感情や、幸せを受け付けず、心を閉ざしてしまった。……長年、このような状態でいる。

今、頭をお前の胸に埋めていると、過ぎ去った日のことが、堕落した若いときの興奮が波打っている。お前さんの存在が貴重だと思い始めるまでの私は不幸だった。この乾いた木の皮が魂からはげ落ち、新しい世界が私の目の前に開けた。私の人生とその中でのすべてのいいことが蘇った。

しかし時々悪い空気が古い時代の迷いの中に入り、お前の明るいイメージや、魅力的な声を払拭してしまう。寡黙となって、厳しくなり、自分と戦っている姿に重々しい考えがのしかかる。私の感じ方でお前さんを汚したくないし、苦しみのうめき声でおどろかしたくもない。そんな時、私がお前を愛していないと言われるだろう。（彼女は優しく彼を見つめ、髪の毛を手でなでる）

ニーナ　貴方は変わった人ね？　愛情の事を雄弁に、頭を熱くして、目を生き生きと輝かせた話術で話されると、たやすく信じてしまいますが、けれど……時々……。

アルベーニン　時々どうしたの？

ニーナ　ええ、いえ、でも時々！……

アルベーニン　私はもう年を取り過ぎたが、お前さんはまだ若い。だがお互いに同じような感じ方ができる。私がお前さんの年の頃には何でも問題なく信じていた。

ニーナ　でもやっぱり、不満なのね、どうしたらいいのかしら！

アルベーニン　いいや、私は幸福だ、幸福だが……、私は残酷で、途方もなく口が悪いが、嫉妬深い悪人とは違って幸せです。……お前さんと一緒にいるからだ！　過去のことは忘れよう、あの重々しい暗い過去を！　神がお前さんを天からご褒美として下さったに違いない。（彼女の手にキスをするが、突然彼女の腕輪がなくなっているのに気付き、茫然自失する）

ニーナ　どうなさったの。真っ青になって震えていらっしゃる……いったいどういうことですか？

アルベーニン　（飛び上がり）いや、何でもない。お前さんの腕輪は何処にあるの？

ニーナ　なくしたのよ。

アルベーニン　ああ！　なくしたと。

ニーナ　それがどうかしたの。ただの二十五ルーブルのものよ。それ以上ではないはずよ。

アルベーニン　（独り言で）失った……どうしてこのことに拘《こだわ》るのだ。私は奇

ニーナ　妙な疑いをもっている。すべて今までの事は夢で、その夢から今、覚めたのか？

アルベーニン　本当のところ、貴方のことが分からないわ。

ニーナ　（腕を組み、彼女をじっと見つめる）うーん、失ったか？

アルベーニン　（傷つけられたように）私は嘘を言ったわ。

ニーナ　（独り言）どうもそのようだ。

本当のところ、馬車の中で落としたみたい。探すように言ってるけど。勿論、なくすのがわかっていたら、つけてこなかったのだけれど。

光景四　アルベーニン、ニーナ、召使い

アルベーニン　（鈴を鳴らして召使いを呼ぶ）馬車の中を全部探してくれ、紛失した腕輪が落ちているから。……もしなかったら、それはその時さ、（ニーナに）これは私の名誉と幸福の問題なんだ。（召使いが出ていく。ちょっと黙って彼女に）もし見つからなかったらどうするか？

ニーナ　そうしたら、他で失った事になるわ。

アルベーニン　他に何処なのか……知ってるの？

ニーナ　貴方がこれほどケチで、きびしくなるのは初めてだわ。でも、それで気分が良くなるなら同じものを明日新しく注文しましょう。（召使いが入ってくる）

アルベーニン　さあ？　言ってごらん。

召使い　馬車の中をくまなく探しましたが。

アルベーニン　それで見つからなかったの？

召使い　その通りでございます。旦那様。

アルベーニン　そうだと思っていたよ……行ってもよろしい。（ニーナを意味あ

りげに見つめる）

召使い　マスカラードで失ったのでしょう。

アルベーニン　そうだ！　……ということはお前さんはあそこにいたんだな？

光景五　前の通りで召使いがいない

アルベーニン　（召使いに）行け。（彼女に向いて）どうしてお前さん、前もって言ってくれなかったの？　お前さんをあそこへ連れて行き、家へ連れて帰るという事をさせてくれていたら、事態は違っていたのだが。そしたら、お前さんを監督したり、変に優しくしたりして、困らせたりしなかったのに……誰と一緒にいたの？

ニーナ　どうして聞き回らないの？　みんな細かい事まで言ってくれますよ、又は多少誇張するかもね。誰が、誰と話し、誰に記念として腕輪をあげたみたいなことを。（笑う）正直に言って馬鹿馬鹿しいわ！　恥ずかしいこと、つまらないことで大騒ぎするのは迷惑だわ。

アルベーニン　どうか、これが最後の笑いにならないように！

ニーナ　さあ、妄想が続くなら、笑い続けますよ。

アルベーニン　知るもんか。だが、……ニーナ、聞いておくれ！　一人の男としてお前をこよなく、熱心に愛しているのは滑稽かもしれないが、別に不思議でもない。他の男はたくさんの目的や望みを持っている。ある男は富を得、他の者は学芸に夢中になっている。ある男は地位を得、勲章と栄誉を貰い、別の男は社交界や娯楽にうつつをぬかし、他の男は旅行に行き、賭博に興奮している……。私の場合は、旅行し、賭博に手をだし、軽薄だったがそれにのめり込み、友達を持ち、恋の火遊びもうまくやった。地位は望まなかったし、名誉は求めなかった。金を持ってもすかんぴんでも、いつも退屈した。

いたる所で悪いことを見たが、それには屈しなかったことを誇りに思っている。お前さんは私の人生ではただ一つ、大事なものだ。お前さんの愛情、微笑、まなざし、息使い……私はこれらすべてを持つ男だ。これがなかったら幸福もないし、救いも、感情も、存在すら疑わしい！　けれども私は騙された。……もし騙されているとすると……私の胸で蛇が自分を暖めて、……本当のことを知ったら……優しくあやされていて、背後で馬鹿にされているとしたら！

……聞いてくれ、ニーナ……私は溶岩のような燃える魂と共に生まれた。燃え尽きるまでは岩のままだが……流れ出したらその中に入るのはよくない。その時に許しを乞うても、もう遅い。復讐のために法律に頼るようなことはしない。私は二人の生命を血も涙もなく絶ってしまおう。（彼女の手を取ろうとするが、彼

（女は飛び退く）

ニーナ　近づかないで……なんて恐ろしい人でしょう！

アルベーニン　そうかね？　恐ろしいかい？（冗談だろう、滑稽なことなのに！　笑ってくれ……。目的を達したのにどうして青くなったり、震えているのかい？　君の熱烈な愛人は、マスカラードで遊んだ彼は何処にいるのだ。ここに現れて、楽しめばいい。お前は地獄の楽しみを味わわせてくれたが、まだ足りないのかい。

ニーナ　嫉妬のせいなのね！　小さな腕輪がすべての原因なのね。でも貴方の行動は私だけが笑うのではなく、世の中の笑いものになりますよ。

アルベーニン　じゃあ、お前や社交界の馬鹿者たち、笑ってごらん。騙された可哀想な夫はのんきなもので、何も知らずに天国の聖人のように生きているとな……。ああ！　天国とは、この世の天空にいるお前さんのことなのだが……。さようなら！……さようなら！

私はすべて知ってるよ。（ニーナに）私から離れてくれ、ハイエナめ！　馬鹿な私は、彼女が感動して悔い改めたと思い、私を慕って跪《ひざまず》き、すべて告白するものと思った。そうだ、涙を見たら……それだけで……気持ちが変わったのに……。いや、笑いが私への答えになった。

ニーナ　誰が私のことを告げ口したのかしら、でも赦してあげるわ、私は嘘をついていないもの。笑ったりしてごめんね。でも貴方の慰めになるための嘘はつきませんよ。

アルベーニン　黙ってくれ……、どうか……もう十分だ。

ニーナ　聞いてよ。私は何もしてないわ。何かしてたら罰せられてもかまわないわ……、聞いて……。

アルベーニン　軽率な、お前が何を言いたいかもう分かっているよ。

ニーナ　そうして責められるのを聞くのは辛い……こんなに愛しているのに、エフゲーニイー。

アルベーニン　さあ、そこまでにしなさい。
ニーナ　ああ、もう貴方は聞いて下さらないのね。お願い、どうして欲しいか聞かせて？
アルベーニン　恨みを晴らしてやるさ！
ニーナ　誰に復讐するというの？
アルベーニン　その時がきたら、私は何でもできることを見せてやる。
ニーナ　私にではないの……？　何を躊躇《ためら》っていらっしゃるの？
アルベーニ　お前さんを悲劇の主人公気取りにはさせないよ。
ニーナ　（軽蔑するように）他に誰？
アルベーニン　誰の為に恐れているのかい？
ニーナ　これ以上のことがまだ起こるの？　もうやめて……嫉妬で私を殺すのね……。どんなお願いをしたらいいのかしら、貴方はお考えを変えようとされないし……。私は皆、赦してあげたのに。
アルベーニン　余計なことだよ。

ニーナ　だけど、神様がいらっしゃるわ。神様がお赦しになりませんよ。

アルベーニン　それは悪かったな！

（ニーナは涙を流しつつ去る。アルベーニンは一人残る）

ああ、女！　私はお前さんを長いこと知り尽くした、抱擁や、愚痴もだが、この惨めな事件の為には高い代価を払っている。……しかし、どうして人々は私を愛せるのか、自分が厳しい声と顔つきをしているからか？（妻の部屋の扉に近づき、聞き耳を立てる）彼女は何をしているのだろう。笑っているのだろう、たぶん！　おやおや、彼女は泣いている。（立ち去りつつ）もうどうにもならない。遅すぎるのだ！……

第一幕の終わり

第二幕

第一場

光景一　男爵夫人シトラーリが家でけだるそうにソファーに座る

男爵夫人　（本を投げ捨て）ちょっと考えてみて、一体何のために生きているのかしら？　永久に外国かぶれになって、そのため奴隷になるの？　ジョルジュ・サンドが言った通りだわ！　女性はなんなのよ？　自由もない動物で、男の情熱や欲情の玩具じゃない？正しい良識の中で、社会で女性は無防備で、熱烈な感情を隠すか、花開くまで押し殺さねばならない。女性とは何なの？　一人前になる頃から、生け贄として飾り付けられ、利益のための競りにかけられる。自分を愛することは非難され、他人を愛することは許されない。時々女性の胸の中で情熱がかきまぜられ、恐れや理性や思考を追い出すこともあるが、もし社会の掟を忘れ、自分の魂を感情の赴くままに任すなら、平安と幸福とはおさらばになる。社交界では……秘密を隠そうとしない。外観だけで名誉と悪を判断するし、しかし礼儀をはずすことは許さないし、その罰しかたが残酷だ！……（本を読み始める）ええ、もう読んではいられない。……あまり反省ばかりしていて、頭が混乱して……それを恐れると、病気になる……起こったことを思い出すと、驚きだわ。

（ニーナが入ってくる）

光景二

ニーナ　ちょっと橇《そり》に乗ったのでお寄りしたのよ、ネエ、アナタ。

男爵夫人　ゴキゲンイカガ？　何だか今日は顔が青いわ。外は風が吹き、霜が降るといっても、目も赤いし、泣いていたわけではないでしょうね。（二人は座る）

ニーナ　よく眠れなかったみたい。今は少し気分が悪いの。

男爵夫人　あまりいい医者にかかっていらっしゃらないのね……。変えてみたら。

光景三　ズベーズジッチが入ってくる

男爵夫人　（冷たく）ああ、貴方でしたの、公爵。

ズベーズジッチ　昨夜、ピクニックが取りやめになったと言いに来たんだけど。

男爵夫人　どうぞ、座ってちょうだい。

ズベーズジッチ　失望されたと思ったが、意外に落ち着いておられますね。

男爵夫人　そりゃ残念だけれども。

ズベーズジッチ　私は喜んでいますよ、次のマスカラードまでに二十ものピクニックがあるから。

ニーナ　昨夜のマスカラードにいらっしゃいまして？

ズベーズジッチ　はい。

男爵夫人　どんな格好でいらっしゃったの？

ニーナ　あそこではいろんな姿をした方がいらっしゃったわ。

ズベーズジッチ　その通りですよ。しかしマスクをしたご婦人の正体をほとんど

男爵夫人　見破りました。貴女も自分の身分を隠しておられたでしょうね。

（笑い）

（怒って）ねえ、公爵、貴方の皮肉な中傷はあんまり面白くありませんよ。上品な女性があそこに行くことを決めたときには、つまらない男たちが彼女をからかったり、目立ちたがるものよ……。そんなことを言って恥ずかしくないの、そんな言葉使いはやめたら。

ズベーズジッチ　やめることはできませんが、恥は知ってるつもりです。

光景四　法廷吏が入ってくる

男爵夫人　何処からやって来たの？

官吏　貴女の事件についてお知らせしたいと思って役所からやって

来ました。

男爵夫人　審理は終わったの？

官吏　いいえ、でもすぐですよ。お邪魔ですか？

男爵夫人　いいえ。（窓際に彼を連れて行く）

ズベーズジッチ　（独り言）さあ、説明してもらおう。（ニーナに）貴女をお店で見かけましたよ。

ニーナ　そう、どちらの店で？

ズベーズジッチ　イギリス人の店で。

ニーナ　どれくらい前？

ズベーズジッチ　ちょっと前に。

ニーナ　貴方をお見かけしなかったわ。

ズベーズジッチ　大変急いでおられたようで……。

ニーナ　（素早く）ちょっとこの腕輪に合ったものを探していたの。（ハンドバッグより取り出す）これよ……。

ズベーズジッチ　ほほう、これは上等の腕輪だ。別のは何処ですか？
ニーナ　なくしたのよ。
ズベーズジッチ　本当ですか？……
ニーナ　何かおかしなことがあって？
ズベーズジッチ　いつ頃なくされたんですか……いや、もし秘密でなかったら？
ニーナ　二日ほど前、昨日だったかしら、いや、先週だわ。どうしてそれをお知りになりたいの？
ズベーズジッチ　ちょっとおかしな考えがよぎったのです。（脇に向き）彼女は慌てている。私の質問が警戒心を起こさせた。ああ、この慎み深い女性。（ニーナに）何かしてあげたいと思って……それは見つかりますよ。
ニーナ　まあ、そうしてくだされば……でも何処なのかしら？
ズベーズジッチ　何処でなくされたんですか？
ニーナ　それが覚えてないのよ。

ズベーズジッチ　きっと舞踏会ででしょう。

ニーナ　そうでしょうね。

ズベーズジッチ　あるいは、記念として誰かにあげたのでは？

ニーナ　どうしてそんな考え方をなさるの？　夫とは別の誰かにあげるなんて？

ズベーズジッチ　世の中に夫以外の男性がいない……だが多くの人の中には好ましい人がいるのは間違いない。とにかく腕輪は失われた。しかしそれを見つけた者は、なにかお礼を貰うのでは？

ニーナ　それは事と次第によって。

ズベーズジッチ　もし、誰かが貴女を愛し、貴女の中に、貴女の微笑の中に、失っていた夢が見つかったと思い、その誰かに貴女が未来の幸福を与えようとする素振りを見せ、仮面の下から愛の言葉で優しくしたとしたら、勿論、貴女も気付かないうちに……。どうかわかって下さい。

ニーナ　おっしゃってること、少しも分かりませんわ。貴方、おかしいんではありませんか……これからは私に話しかけないようにお願いするわ。

ズベーズジッチ　ああ、私は夢を見ているようだ……。本当に怒っていらっしゃいますか？（独り言で）彼女は逃げようとしているぞ……それならいい、しかし、そうはさせんぞ。

（ニーナは男爵夫人のところに行く。官吏は頭を下げ、立ち去る）

ニーナ　サヨウナラ、アナタ。もう行かねばなりません。明日また。

男爵夫人　ちょっと待ってよ。ネエ、アナタ。ちょっとお話したいことがあるのに。（彼らはキスをする）

ニーナ　（立ち去りつつ）明日、お待ちしてますわ。

男爵夫人　そう、待ち遠しいわ。

光景五　同じ場所、ニーナと官吏はいない

ズベーズジッチ　（独り言）私は復讐してやる。慎み深い女には私は馬鹿に見えるらしい。彼女はすべて否定したと思っているが、私には腕輪がある。

男爵夫人　公爵さん、何を考えていらっしゃるの？

ズベーズジッチ　ええ、考えることがたくさんあります。

男爵夫人　あなた達のお話ははずんでましたね……何を言い争っていらっしゃったの？

ズベーズジッチ　マスカラードで彼女に会ったことを言ったまでですよ。

男爵夫人　ニーナと？

ズベーズジッチ　そうです！　それを彼女にはっきりと言ってやったのです。

男爵夫人　それで恥ずかしげもなく、人前でそのことを非難したというわけ。

ズベーズジッチ　ちょっと変わったことは、時々やりますよ。
男爵夫人　それで、陰で火遊びをされるつもりですね！　しかし何の証拠もありませんわ。
ズベーズジッチ　そのとおり……昨日誰かが腕輪をくれただけ。彼女はたまたま同じものを持っていた。
男爵夫人　それが貴方のいう証拠なのね！……どんな店でも売ってるわ！
ズベーズジッチ　一応すべての店をあたったが、同じものは二つしかないようでした。（ちょっと黙り込む）
男爵夫人　明日、ニーナに助言してあげるわ。おしゃべりには本心を明かさないようにって。
ズベーズジッチ　私には、どんな助言がいただけるのですか？
男爵夫人　貴方に？　今までに想いを遂げたとおり続けなさいよ。だけど、女性の名誉をもっと重んじるべきだわ。
ズベーズジッチ　二つの忠告、重ねてお礼申し上げます。（出て行く）

光景六

男爵夫人

どうして男性は女性の名誉を重んじてくれないのかしら？　本当のことを言ったら、私も同じ扱いを受けるのかしら。そんなことは止めましょう。公爵さん、道を誤っていますが、私は元に戻してあげられませんよ。……神様だけが救って下さるわ。一つだけわからないことがあるわ！　どうして私が彼女の腕輪を見つけたのかしら。……そうだ、ニーナがその場にいた……。それが謎解きの鍵なのよ……。よくわからないけど、私は彼を愛している。それは退屈からなのか、悔しさか、嫉妬心からなのか。……私は不幸せで、慰めようもない！　いつも関係ない人の嘲笑や意地悪いささやき声が聞こえる。この気まずい想いを、たとえ誰かを傷つけても、救わねば。私の罪は、傷つける代価を差引いても、あがなえるわ。……（彼女はもの想いにふける）

恐ろしい偶然の一致ね。

光景七　男爵夫人とスプリッチ

男爵夫人　ああ、スプリッチ、貴方はいつもいいときに来るわね。
スプリッチ　いや、お役にたてて嬉しいです。……亡くなられた旦那様のためにも。
男爵夫人　貴方はいつも礼儀正しいのね。
スプリッチ　幸せだった男爵を想い出します……。
男爵夫人　想い出すと五年ほど前。
スプリッチ　千ルーブルを借りた。
男爵夫人　ああ、知ってるわ。今日、五年分の金利を払いましょう。
スプリッチ　お金は要りません、奥さん。ただちょっと思い出しただけ。

男爵夫人　何か、珍しい事でもあって？

スプリッチ　ある伯爵から耳よりな話を聞きましたが……。

男爵夫人　ズベーズジッチ公とアルベーニンの奥さんとの間に何かあったってこと。

スプリッチ　（困惑したように）いいえ……聞いたことは聞きましたが……しかし……いや、そのことは人に話したがらない……（独り言）どう言っていたかは覚えていないが、恐ろしい……。

男爵夫人　さあ、噂が知れ渡っているのなら、これ以上言うこともないわ。

スプリッチ　だが、貴女がどのように思っているのか知りたいのですが。

男爵夫人　彼らは社交界で烙印を捺されたでしょう、それで何か助言をしてやりたいのよ……。男にとって女はどんな価値があるかを。どんな困難でも男がすばらしい女性を見つけたいと思っていることなのよ。私は女性の中に厳しさより上品さを見たいのよ。さようなら、スプリッチさん、妹が食事をしたいと待っているのよ。そうでなかったら、もっと長く居てもらうのにね。（出て行く。独り言）私は救われたわ。いい教訓になった。

第二場　アルベーニンの書斎

光景一　アルベーニンが一人、後ろに彼の召使い

アルベーニン　私が嫉妬していたのは明らかだ……それに証拠がない！　ええい、このままにしておこう。だが、忘れるのは一時的な逃避にすぎないのでは？　そんな人生は墓場に入るより悪い！　今まで心がいつも冷静でいられる人を見てきた。嵐の中でも安楽に暮らし平静でいられる人を見てきた。それが羨ましい人生なんだ！

召使い　（入ってくる）男が下に来ています。公爵夫人から奥さんに手紙を持ってきたようです。

アルベーニン　何処の公爵夫人？

召使い　それは尋ねませんでした。

アルベーニン　ニーナへの手紙?

（彼は出て行き、召使いが残る）

光景二　アファナシー・パヴロビッチ・カザーリンと召使い

召使い　主人はたった今出かけました。しばらく待っていただけますか?

カザーリン　いいですよ。

召使い　何とか、貴方の来訪を伝えます。（出て行く）

カザーリン　いつまでも待ってやるさ、お望みなら。ムッシュアルベーニン、待ってやるとも、私の用事は惨めで、陰気な友達の慰めになるかもね。その友達は裕福で、三千人もの農奴がいて、貴族の代表格だとしたら悪い話じゃないね。さて、アルベーニンを遊びのなかに引き込んでやろう。彼は古い時代のやり方で振る舞うだろう。友達を助けるだろうが、子供の前では率直になるだろう。ああ、若い人は……私を苦しめる！　どんな話し方をしたり、何処から始めて、何処で終わったらよいということも知らない。人に気付かせずに騙すことも知らない！　古い時代にはどれだけ多くが、賭博で地位を得て、泥沼の中からはい上がり、貴族と関係を結んできた事か。どのようにうまくやったか？　彼らは万事礼儀正しくして、法律を守り、名誉と富を持つようになった。

光景三　カザーリンとスプリッチ

スプリッチ　（入場）ああ、アファナシー・パヴロビッチ、びっくりした。来てくれて嬉しいよ。ここで会えるとは思わなかった。

カザーリン　まったくだ。で君は？　用事かい？

スプリッチ　はい。あなたは？
カザーリン　同じですよ。
スプリッチ　本当？　お会いしたのはよかった。あることで話し合わねばなりません。
カザーリン　君はいつも情事で忙しいね。初めてこのことで来たんだろうか。
スプリッチ　そう、的は射てないがそれでもいいよ。
カザーリン　私も君に話したいと思っていたところだ。
スプリッチ　そうなら、仲良くせねばなりませんね。
カザーリン　それはわからないが……話してみてください！
スプリッチ　このことはお尋ねしたい！　貴方の友達のアルベーニンが……
　　　　　　聞きましたか？（指で角をたてる）
カザーリン　何だって？　そんな馬鹿な。それは本当かね……。
スプリッチ　ああ、創造主よ！　私も五分ほど前までは知らず……、頭の中でやっと整理したんです。他の誰も知らないでしょうね。

カザーリン　全く悪魔のせいだな。

スプリッチ　いやね、数日前に彼の妻が、何処かのパーティかマスカラードで、名もない小公爵と一緒になったそうで、そこで、彼女は公爵にぐっと印象づけたみたい。まもなく彼は有頂天になり、愛してしまったんですよ。だがこの美人の女性は、スキャンダルを恐れて、公爵を袖にしてしまった。

公爵は狂ってしまって、あちこちでそのことをしゃべりだしたという訳ですよ。こういうたぐいの事からトラブルが発生しやすいんだが……人々は私に何とか始末をつけろと言い出すし、まあ一生懸命やっていますがね。公爵はもう喋らないといって、当初はうまく行ったのだが……私という召使いが、ちょっと添削しましたが、まるでつまらない手紙を書いて送ってしまったんですよ。

カザーリン　彼女の夫が、君の耳を切り裂く事はないかね。

スプリッチ　前にもこんな事に巻き込まれたが、決闘だけはなしに済ませたけど……。

カザーリン　叩きのめされてもいないのだな？

スプリッチ　あなたのいうすべては冗談でお笑いなんでしょう。……何の宛もなく命を賭ける事はないといつも言っているのですが。

カザーリン　その通りだ！　無駄な人生だとしても、無益な事に賭けるのは罪な事よ。

スプリッチ　だがこの事は置いておいて……私はもっと大事な事を話し合いたいのです。

カザーリン　それはどういうこと？

スプリッチ　つまらん色話はそれまでにして消えろよ。アルベーニンがやってきたようだ。

スプリッチ　まだ誰も来ないでしょう。先日、ヴルーチ伯が五匹のグレーハウンドを連れてきた。

カザーリン　その話は面白そうだね。
スプリッチ　君の兄さんは狩りをするでしょう。これは買い物ですよ。
カザーリン　そうだ、アルベーニンも馬鹿みたいに好きだ……。
スプリッチ　ちょっとお耳を。
カザーリン　彼はすっかりとりつかれて、騙され、馬鹿にされているようだ！
こんな事があったら、結婚しようという気は起こらない！
スプリッチ　だが、私は既に結婚して長くなる。ね、ここに一つ大事なものがあります。
カザーリン　お前の奥さんの事かね？
スプリッチ　いや、私の犬の事です。
カザーリン　まだ犬の事を話してやがる。ねえ、君。私は女房どものことは知らんが、何が起こっても不思議はないだろう……。君の犬はそんなにすぐには売れないのでは。
（アルベーニンが手紙を読みながら入ってくるが、二人は大きな机の左におり、目に入らない）

彼は手紙に夢中になっている……。一体何が書かれているのだろう。

光景四

アルベーニン

（彼らが居るのには気づかずに）なんと感謝とは！　彼の名誉と将来を救ってやったのはいつだったかね。彼の正体も知らずになんてこった？　ああ！……蛇め！　これほどいやらしい事があろうか！……まるで泥棒のように私の家に上がり込んで、私を弄び、恥も面目もあったもんじゃない！　……どうも信じられず、遠い昔のこととして過失も忘れかけていたのに。こんな子供だましの犯罪を疑ってもみなかった。彼女がすべて悪いと思っていたし、彼も誰の妻なのか知らないらしい……。彼はおかしな夢を見たと思って夜の冒険を忘れると思ったのに、彼女を見つけるまで捜し回るとは。いろいろ考えを巡らしているようだ。（手紙を再び読み続け出す）「私は見つけたのに、貴女はそれを認めようとしない」　何という品性なんだ。「本当に……噂以上に恐ろしいものはない。我々のことは間違いから知れてしまう。それで貴女の目のひたむきさは、恥ではなく、怖れの気持ちからだったのですね。秘密を好まれるようならそうしましょう。だが貴女をあきらめるよりは、死んだほうがましです」

スプリッチ　手紙！　そうだ。……手紙はちょうど間に合った。

アルベーニン　いや！　実に手の込んだ誘惑だ。彼には血で返事をしてやろう。

（カザーリンに気づき）

何だ、君はここにいたのか？

カザーリン　私はずっとここで待っていました。

スプリッチ　（独り言）男爵夫人のところに行こう。彼女は気がすむように騒げばよい。

（ドアに近づく）

光景五　スプリッチ以外、前光景通り

カザーリン　私はスプリッチと一緒だったんだが……、何処へ行ったんだろう？　消えてしまったのか。

（横を向いて）

手紙！　これだ、これだ、わかった！

（アルベーニンに向かい）

何か、荒事をお考えのようですね……。

アルベーニン　そうだ、その通り。

カザーリン　望みが壊れ、現実に戻ったとでも。

アルベーニン　そんなところだ！　感謝されると思っていたのだが。

カザーリン　その点についてはいろいろ意見もあるだろう。だが誰がどう思おうと、問題を深く考える必要がありますね。

アルベーニン　君の考えはどう？

カザーリン　ねえ君、感謝というものは、人の気持ちの中に、いつでも善意があるとは限らず、感謝したいと思う人がそのことの価値をどう評価するかにかかっている！　例えばだが、昨晩スルキンが私と勝負して五千ルーブルばかり失ったが、私のほうはありがたいと思っている。食事の時も、飲んでいるときも、眠っているときも、彼の事ばかり考えている。

アルベーニン　君は何でも冗談にしてしまうね、カザーリン。

カザーリン　ねえ君、私は君のことが好きだよ。だからいつも真面目に話しているつもりだが、どうかそんな怖い顔をしないで。そうしたら、現実の難しさを披露しますよ。君は感謝について私の意見を聞きたがっている……。それはこうなんだよ。ボルテールやデカルトがどんな風に説明しようと、私にとっては、この世はカードの世界だ。人生は賭けで、運命の取引ですよ。私はゲームのルールを人にあてはめてやるさ。そのルールはこういうものですよ。私は盲目的にエースがいいと思っているので、エースに千ルーブル賭ける。それがトリックなしで勝ちとなると嬉しいね。だけど特別にエースに感謝したりしないよ。ただ静かにお金をかき集めるだけさ。そんな風に、負けるまで、又はお金が貯まって、しわくちゃになったカードをテーブルの下に捨てるまで続けるね。それで……おや、君は聞いてくれていないね。

アルベーニン　（考えに耽って）あらゆるところに悪がある。騙しが至るところにある。それに、ちょっと前まで私は銅像のように聞いていたし、いろんなペテンを聞き流していた。

カザーリン　（独白）彼の気持ちは揺れ動いている。（アルベーニンに向かって）

さてと、別の場合を想定して核心に迫ってみよう。慌てて脇道に入らぬように。仮にカードで放蕩にのめり込んだとして、そこに君の友達がいて、そのことを注意してみたり、役に立たない忠告をしたとしよう。それが君より年上で、尊敬する相手なので耳を傾ける。相手が酒で酔わせようとするなら、君は逆に彼を酔わせようとする。また、カードを教えてくれた直後に彼を負かそうとする。あるいは賭博の場で救ってもらっても、その後ダンスに興じ、彼の妻と浮気をする……。浮気をしないまでも彼女を誘惑し、恩を仇で返す。いずれにせよ、一つずつのレッスンにお返しをするのは確かだ。

アルベーニン　君はつまらない道学者だな！（独白）ああ、もう皆があの事を知っている。……公爵野郎、お前のレッスンには必ず仕返ししてやるぞ。

カザーリン　（彼には気をかけないで）もう一つはっきりしておいてやろう。

アルベーニン

君は女性を愛している……そのために名誉も、富も、友情も、ことによると人生までも捧げている。また、彼女を楽しませ、お世辞を言うが、そのことで彼女が感謝しているかどうか？

君は全て情熱の赴くまま、幾分かの自己愛からしたことで……彼女を自分のものにしたいために全てを犠牲にしているのだが、彼女の幸福については考えていない。そうだ。……暫く頭を冷やして考えたら、世の中はままにならんことがわかるだろう。

（目を伏せて）そうだ。その通り。女性は愛から何を求めているのだ？　彼女は毎日新しいことをやり遂げたいと思っている。お前は泣き叫び、自分を傷つけ、哀願するが……その泣き顔は彼女にとっては馬鹿馬鹿しい。

そうだ、馬鹿な男だけが、一人の女性の中に楽園があると夢想する。

カザーリン

君は結婚してうまくいっている男の心理を、うまく表している。

アルベーニン　僕がかい？

カザーリン　そうだ、図星だろう。

アルベーニン　そうだ。私は幸福だが……勿論……。

カザーリン　それはいいが、結婚してしまったのは可哀想だ！

アルベーニン　どうして？

カザーリン　昔の事を思い出したんだよ。……君も僕も誰かのところで馬鹿騒ぎをやったね。みんな子供だったが！……あの頃は朝には安らぎと慰めがあり、前夜のよかった記憶、夕食がありワインが切り子のワイングラスに泡立って、高まる会話、沢山のシャレタ詩が蘇る。それからお芝居に行き、お互いが舞台裏で踊り子や女優を誘惑したことを思い出すと魂が震える。……昔は全てよくってやりやすかったな？　芝居がひけると……矢のように友達のところに行く……。中に入るとトランプゲームの最中で、お金は山のように積まれている。ある男は興奮している……。

別の男は墓場の死体より青くなっている。座り直して……ゲームは再び始まる！……それから、それから多くの情熱や感性が体をとおりぬける！　そこで膨らんだ考えがバネのように跳ね上がり……そしてずっと勝ち続け、運命そのものが足下に跪《ひざまず》くと、ナポレオンでさえ可哀想で、馬鹿に見えてくるだろう。

アルベーニン　（目をそむけ）ああ誰が失ったものを返してくれるのか……。君、荒っぽい希望、切ないが燃えるような日々！

君のためなら馬鹿みたいな幸せを、白々しい無関心な平和と交換してもよい……これらは私のものではないよ。よい夫で、よい父親になりたいと思っていたんだって？　全ての悪や、悪党役の楽しみを悔いることなく味わっていた僕が、君にも騙されたことになる。短い友情よ、さようなら。（椅子に倒れ込み、手で顔を覆う）

カザーリン　さあ、彼は私のものだ。

第三場　ズベーズジッチの部屋

その部屋から他に通じる扉が開かれている。そこから公爵がソファーで寝ているのが見える。

光景一　召使いと続いてアルベーニン

召使いのイワン　（時計を見上げて）まもなく八時だ。ご主人は八時に起こせと言っていたが、ロシヤ風に寝汚《いぎたな》く眠っている。まだ買い物に行って帰る時間がありそうだ……ドアを閉めて、そのほうが安全だ……。だが待てよ、誰かが階段を上がってくるようだ。主人はいないと言ってやろう……、そして追い返してやれ。（アルベーニンが入ってくる）

アルベーニン　主人はおるか？

召使い　いいえ。

アルベーニン　そりゃ嘘だろう。

召使い　主人は五分前に出て行きました。

アルベーニン　（耳をそばだてて）お前、嘘をついているだろう。（書斎に現れる）ほら、あそこに、丸太のように眠っている。……あの鼾《いびき》を聞いてみろ。（独白）じきに始末をつけてやる。

召使い　（独白）いい耳を持ってるや……。（アルベーニンに）主人は起こして欲しくないと言っていました。

アルベーニン　（独白）眠り込んでいる。まあいい、永久に眠るということもあるからな。（召使いに）まあ、起きるまで待とう。（召使い出て行く）

光景二　アルベーニン一人

アルベーニン　今がちょうど良いときだ……。今を外してなるものか。恐れずにやろう。今の若者に、侮辱されたら仕返しをする者がいることを示してやろう……私は奴隷ではないぞ、迎合するのはもう止めた……。敵と真正面に向き合ってわめいたなら笑われるだろう。……が、今度は笑わせないぞ、私を見損なうな……。頭の上で起こった屈辱は、只では見過ごさん！（扉を開ける）眠っている！……最後に何を夢見ているのだろうか？（恐ろしい笑い）彼は一撃で死ぬだろう……。彼の頭はもうぶら下がっている。私はちょっと血を流させて、後は自然に任せたらよい！

（部屋に入る。一、二分たち、真っ青になって出てくる）

私にはできない。（暫く無言）私の力では及ばず、これからも……私は自分を裏切り、生まれて初めて震えている……これからもずっと臆病なんだろうか……？　臆病だって……？　誰がそのように言ったのだ……？　恥ずかしい、恥ずかしい。逃げろ、恥を知れ、恥知らずめ！　時がお前や他の者を地面にたたき付けた。お前は只、おおぼらを吹いていただけさ。なんと哀れな！
本当に哀れだ。力が抜けた。お前は啓蒙という考えに屈したのだ。
愛することもできず、……復讐したいと思っている。お前はやっ
て来て、何もやらずじまいだ……。（沈黙し、座る）
私は高く飛びすぎた。もっと確かな方法を採らねばならない
……私の傷ついた心に別の計画が潜り込み、又生き延びるだろ
う……。私は教養ある人の中に生まれ、その言葉と金が剣となり、
毒にもなる。（ペンとインクを取り出し、メモを残し、帽子を被る）

光景三　アルベーニンと男爵夫人

出て行くアルベーニンがベールを被った婦人にぶつかる。

ベールを被った婦人　ああ、全て無駄になった……。

アルベーニン　それは何の事？

婦人　（急に離れて）離して。

アルベーニン　その声は美徳を装った叫びではなさそうだ。（彼女に、荒々しく）黙れ！　もう喋りなさんな、さもないと……何か怪しいことがここにはありそうだ。我々二人だけだ。誰か来る前にベールを取ってもらおう！

婦人　どうやら間違った場所へ来たようだわ。

アルベーニン　そうだ、間違ったようだな。間違ったのは場所ではなく、時間だろう。

婦人　どうか行かせて下さい。貴方のことは存知あげませんので。

アルベーニン　貴女の慌てぶりはおかしい……本当のことを言ったら。彼はまだ眠っていますよ……だがすぐ目覚めるに違いない！　私はもう何もかも知っているよ……。只、確かめたいだけだ。

婦人　本当に何もかも知っているのかしら？

（彼は彼女のベールをとり、驚いて後ずさりするが、すぐ立ち直る）

アルベーニン　なんということ、今回は間違った！

男爵婦人　一体、私が何をしたと言うの？　全ては終わったというのに。

アルベーニン　あまり絶望的なのは……この場にあわない。熱い抱擁をすると思っていたのに、冷たい手に触れるのは愉快ではないからね。……だがまあ、一時のショックだ……大したことじゃない。この事を言いふらすほど馬鹿じゃないよ。ということは、私が別の誰かだったら、町中大騒ぎになるという訳か。

男爵婦人　ああ、あの方は目覚めたらしい。何か話していらっしゃるわ。

アルベーニン　彼は夢の中で譫言《ざれごと》を話しているんだろう。まあ、あまり緊張しないで、私はもう出て行くから。只、このキューピッドがどうやって君に魔法をかけたのか説明してくれませんか？　彼自身は金属みたいに感情など持ち合わせていないのに、ほとんどの女性が彼に情熱を燃やしている。どうして、彼のほうから跪いて、切なくも、愛を乞い、誓い、泣かないんだろう？　でも、貴女は……貴女は一人でここに……性根のしっかりした女性が、恥も外聞もなく、ただひたすら、彼に身を捧げるためにやって來るなんて……。貴女より才色豊かな別の女性も、彼に全てを捧げようとしている。幸福も、愛も、命も、ただ一目見つめてもらい、言葉をかけて貰うために犠牲にしようとしている？　どうして？　……ああ、訳がわからない。（怒って）どうしてだ！

男爵夫人　（きっとなって）何を仰りたいのか、やっとわかりました。どうしてここにいらっしゃったのか……。

アルベーニン　そんなことわかるものですか。誰か、何か言いましたか？（思い出そうとするように）貴女が知っているわけがないのでは

男爵夫人　……？

アルベーニン　お願い、赦して……。

男爵夫人　私は何も貴女を責めたりしていませんよ。逆に、私は友達の幸せを願っているのに。

アルベーニン　私は情熱で何も見えなくなっていたのよ。本当に……全て私が悪いんですが、聞いてくれますか……？

男爵夫人　何のため？　私には全て同じ事なんだが、実際、……私はかちこちの道徳者ではない。

アルベーニン　だけど、私がいなかったら、手紙はなかったし、あるいは……。ああ、それで十分ですよ！　……手紙？　どんな手紙？　では貴女だったんですね。貴女が彼らを出会わせ、彼らに教えたんでしょう……。どのくらい貴女はこの役を演じているの？　何の動機があったのだろう。貴女は純真な犠牲者を自分のところに連れてきたのか、若い人たちが自分で貴女のところへくるのか？　貴女は女郎屋のやり手で、女性たちを堕落させる役割なのですね。しかし、そんな事では驚きませんよ！

男爵夫人　ああ、神様。

アルベーニン　貴女にお追従《ついしょう》を言っているのではありませんよ……。そうした人は、どれくらいお金を払うのですか？

男爵夫人　（椅子にくずれるように座り込み）貴男は残酷な人ね！

アルベーニン　そうだ、私が悪い。すみません。……貴女はお金の為でなく、名誉のためにやっておられる。（出て行こうとする）

男爵夫人　ああ、私は気が狂いそう……ちょっと待って！　私の言い分を聞いてくれない。……ああ、死んでしまいたい！

アルベーニン　それなら続けなさい。続けたら名誉が回復するのであれば……私のことは心配しないで、さようなら。神様はもう二人が会えないようにするだろう……。お前さんは私から全てを取り上げた。私は永久に、何処ででも、往来でも、人里離れていようと、社交界でも、今度会ったら、やっつけてやる……お前さんには気の毒だが！　殺してやるよ……。しかし、死というご褒美は他の女性にとっておかなくては。ね、私は親切だろう……。地獄の苦しみの代わりに貴女を地上の楽園に導いてやる。

（出る）

光景四　男爵夫人（一人で）

男爵夫人

（後ろから声をかけて）ねえ、聞いてちょうだい……、あれは罠だったのよ……。彼女は無実よ……あの腕輪も……私だけが……ああ、行ってしまった、何も聞かないで。どうしよう？　すべては無意味だわ。もう、何もする必要はない……。ただ、どうやって告白しよう。彼が起き上がった……ああ、やって来る。さあ決断しなくちゃ。何たる苦しみ！

光景五　男爵夫人と公爵

ズベーズジッチ　（別の部屋から）イワンかい、おや誰だね？　……声を聞いたぞ、召使いは何をやっているのだ。半時も安眠できない！（部屋に入ってくる）やあ、これはなんたることだ？　美しい人！　お会いできて嬉しい！（彼女がだれかわかって後ずさりする）貴女でしたか、男爵夫人……、とても信じられない！

男爵夫人　どうして後ずさりしたの？（弱弱しく）驚いたから？

ズベーズジッチ　（困ったように）嬉しくなって、勿論、こんな幸運を予想してなかったから。

男爵夫人　予想してたとしたら、おかしいものね。

ズベーズジッチ　何を考えていたのだ？　そうだ、もし知っていたら……。

男爵夫人　貴方は何でも知ることができたのに、実際は何も知らないのだわ。

ズベーズジッチ　私は自分の過ちを償いますよ。どんな罰であっても恥であっても受けます……。私は盲目で、おしだった。無知が悪かったのだ……言いわけのしようもない。（彼女の手をとる）だが貴女の手は……まるで氷のようだ。又、お顔に困惑の色がある。私の言葉は本当に信用ならないのですか？

男爵夫人　貴方は何か勘違いされている……。私は貴方に愛を押し付けたり、愛の告白を求めに来たのではありません。恥知らずなことを忘れてしまうためなのです。いいえ、神聖な義務の為です。私の過去の生活は終わり、新しい生活が始まろうとしている。かつての私は悪の根源であったし、それを今は清算しようとしている……社交界への出入りを永久に止めようとしています。私は、

ズベーズジッチ

男爵夫人

今までの恥と一緒に暮らすつもりです。自分自身は救えませんが、他の誰かは救えます。

一体全体、どうしたことだ？

どうか止めないで！　何もかも言ってしまった、私の犠牲は大きいわ……。貴方は実際の事件のことは知らなくとも、私の苦しみのもとだった。でも、貴方を救わねばなりません……。どうして、何の為かは知りませんが……。きっと、これほどまでの犠牲に貴方は値しないでしょう。貴方は私を愛してもいないし、理解もしていない……。そうして欲しいとも思っていないでしょうし……。でも、聞いてちょうだい！……今日、私は見つけたの――どうしてかって事は関係ないわ。貴方は不用意にも、アルベーニンの奥さんに昨日手紙を書いたわね……。噂によると彼女は貴方を愛していることになっているけれど、これは嘘、嘘ですわ。どうかそんな嘘は信じないで！……そんな考えは、我々全部を滅ぼすわ！

ズベーズジッチ　ええ全部！　彼女は何も知らないし……、彼女の夫は……手紙を読んで妻を愛しているがゆえに憎んでいるわ。彼は今までここにいたのよ……。彼は貴方を殺すわ……彼は悪者の役どころを知っている……それに貴方はまだ若い。

男爵夫人　貴女は何を恐れているのですか？　アルベーニンは昨日今日に生まれてきたのではないんですよ。彼はこんな茶番劇や、いらない血を流すようなことには慣れている。彼が怒っていた、そんなことは問題ではない。ピストルを取り三十二歩を測るだけのことで、敵に後ろを見せていては将校の肩章が泣くっていうことさ。でも、貴方の命が、貴方より他人からもっと大事に思われていたなら……、そして誰かの命が懸っていて、貴方が殺されたら……仮に殺されたとしたなら！……ああ神様、私は自分を深く恨みます。

ズベーズジッチ　貴女が？

男爵夫人　私を助けて。

ズベーズジッチ　（ちょっと考え込み）私は戦わねばならない、なぜなら私は彼に罪を犯したから。そういうつもりではなかったのだが、彼の名誉を傷つけてしまったし、それに償う方法が見つからない。

男爵夫人　方法はあります。

ズベーズジッチ　嘘をつくことですか？　それはいけない。私は自分の命を救う為の嘘はつきたくない。さあ、いくぞ。

男爵夫人　行かないで。ちょっと待って。私の言うことを聞いてちょうだい。（彼の手をとる）貴方はすべて騙されているんですよ！　あの仮面マスクをつけた夫人は……（テーブルに近より腰をかがめて）この私だったのよ……。

ズベーズジッチ　貴女、ああ……（黙る）でもスプリッチが……彼が言ったのだ……。彼の過失だ！

男爵夫人　（気を取り直し立ち去りつつ）あれは一瞬の出来事で、気違い沙汰だった……今は後悔しているわ。全てが終わったので忘れてしまおう。彼女に腕輪を返してあげて。誤って拾ったのも、全く奇妙な偶然だったわ。これは、秘密だということを約束してください。……神様に審判してもらおう……私を許す力は貴方にはありません。行くわ……、もう逢うこともないでしょう。（扉のほうに行く。ズベーズジッチは彼女を追いかける）ついて来ないで。

（出て行く）

光景六　ズベーズジッチ、一人

ズベーズジッチ　（長く何か口ずさんだ後）一体どうしたものか判らない。どうやら、小学生のように何もせず、良い機会を失ったらしい。

（テーブルに行く）

さて、ここに手紙がある。一体誰からか？　アルベーニンからだ。

（読み出す）

『公爵閣下、今夜Nに来て下さい。色んなことが起こっており、楽しい時間が過ごせそうだ。貴方を起こしたくなかったが、こうしないと一晩中眠っているだろうから。サヨウナラ。エフゲーニー・アルベーニン』

これで挑戦を受けるのはかなり難しいよ。決闘で挑戦する前に、夜会に招待する人のことを聞いたことがあるかい？

第四場　Nの部屋で

光景一　カザーリン、Nの主人とアルベーニンが座ってカードを始める

カザーリン　で、貴君は社交界が誇りに思っている見栄を捨ててしまって昔の生活に戻るというわけか！……素晴らしい考えだ。君は詩人だよ。いや、それ以上ではないか。あらゆる観点から判断して天才だよ。家庭生活が君を苦しめたんだろう。さあ、握手しよう。

アルベーニン　君は我々の仲間だ。

カザーリン　私は君たちの仲間だ。家庭生活にはもう何も残っていない。はっきり言うと、賢い人たちが問題を的確にどう判断しているかを見るのは気持ちがいい。彼らにとっては、たしなみなんてものは束縛より質《たち》が悪いからね……。半分ぐらいはわかってくれるだろう。ご主人。

主人　我々は公爵を少し痛めつけてやらねばならないね。

カザーリン　そうだ……そうだ（横を向いて）これは面白いことになりそうだ。

主人　まあ、みてごらんよ……。さあ次へ！

（ざわめきが聞こえる）

アルベーニン　ああ、彼だ。

カザーリン　おや、手が震えているね……？

アルベーニン　いや、何でもない……ここのところあまりやってないのでね。

光景二　前出の人々とズベーズジッチ

主人　やあ、公爵、久しぶりですね。堅苦しい挨拶は止めてサーベルを外し、座ったら。今、恐ろしく激戦中なんです。

ズベーズジッチ　いや、見るだけでけっこう。

アルベーニン　前に逢った時以来、ゲームをするのが怖いのかい？
ズベーズジッチ　いや、君が怖いというわけではない。（独り言）社交界ルールによると人妻の後を追いかけている間はその夫に従うらしい。だから情事に勝ち、ゲームに負けてやるか……。（座る）
アルベーニン　私は貴方に会いに行ったんだよ。
ズベーズジッチ　私は、君のメモを読んでここにやって来たよ。
アルベーニン　扉のところで、恐れおののいていた人と会ったよ。
ズベーズジッチ　それが誰だかわかったのですか？
アルベーニン　（笑って）わかったみたいだ。公爵、貴方は危険な誘惑者だね。すべてのことがわかったが、色んな想像もしてみたよ……。
ズベーズジッチ　（横を向いて）後は何もわかっていないみたいだな。
（歩いてサーベルを外す）
アルベーニン　君に、私の妻を気にかけてほしくはなかったんだが。
ズベーズジッチ　それはどうしてですか？

アルベーニン　それは、愛人たちが夫たちに求める美徳というのを、私は持ち合わせていないからなんだ。（横を向いて）どんなことを言ってても彼は困らないようだ！……きっとその甘ったるい世界を壊してやる。湖のばか者に毒をもってやる。もしカードに魂を売るというのなら、お前に向かってカードを張ってやろう。

（彼らはカードを始める）

カザーリン　五十ルーブル。

ズベーズジッチ　同じく。

アルベーニン　私が若かった時に聞いた話をしましょう。それは、私の心から離れない話なんです。ある男爵がいて結婚していた。それにカザーリン、結婚していた男は甘ったれで、自分の妻を信じていた……。公爵、貴方は私をじっと見つめていますね。そんなことをしていたらゲームで負けてしまいますよ。……その夫は親切で愛嬌があり、毎日を平和に暮らしていた。さてその幸福を取り去ったのは、こののんきな夫に友達がおり……一見正直そうで、良心的だったので、その夫は多くのことを友達にしてやった。で、何が起こったと思う？　どういう運命のいたずらだったのかわからないが、夫はこの友人を正直な者だと思って喜ばせていたのに、妻に近寄ったと分かった。

ズベーズジッチ　で、夫はどうしたんですか？

アルベーニン　（質問が聞こえないような振りをして）公爵、貴方はゲームのことを忘れてしまっている。展開もよくわかっていない。（じっと彼を見つめて）夫がどうなったか知りたいだって？……何らかの口実を見つけて彼の顔をぶったのです。ねえ、公爵、あなたはどういう手を使ったでしょうね？

ズベーズジッチ　私も同じようにしたでしょうね。で、彼らはピストルで決着を

アルベーニン　つけたんでしょうか？
ズベーズジッチ　いいえ。
アルベーニン　では、サーベルで戦ったとか？
カザーリン　いや、いや。
アルベーニン　じゃ、彼らは仲直りしたの？
ズベーズジッチ　（皮肉に笑って）いや。
アルベーニン　それでは、その男はどうしたんですか？
ズベーズジッチ　夫は誘惑者の顔をなぐった、彼は復讐されたと思った、ということですよ。
アルベーニン　（笑いながら）しかし、それでは紳士の道に反するのでは！
ズベーズジッチ　憎悪と復讐に、ルールとか法律というものがあるのかね？
（彼らは黙ってゲームをする）
ズベーズジッチ　勝った。その札で決まり。
アルベーニン　（立上がって）待ってくれ、君はカードを取り替えたな！

ズベーズジッチ　僕が？　ちょっと待ってください！……
アルベーニン　ゲームは終わったよ……。これはちょっと具合が悪いな。
ズベーズジッチ　（激しく息をして）君はいかさまの、やくざだ。
アルベーニン　何？　私が？
悪党だ！　それを私はここで暴いてやるのさ。そしたら皆、君と会うこと自体が罪と考えるだろう。
（カードを顔に投げる。ズベーズジッチは驚いてどうしてよいかもわからない。アルベーニンは声をおとす）
カザーリン　さあ、これでおあいこだ。
どうしたのかい？（主人に対して）彼は一番いいところで中断した。あの男は興奮しているぞ。まるで二十万ルーブルを失ったみたいだ！
ズベーズジッチ　（気を取り戻して飛び上がる）これには血で購《あがな》ってやる。必ず。君の血のみがこの侮辱を洗い流すのだ！

アルベーニン　銃を撃ち合うのかい？　君は自分自身がわからなくなっているのだ。

ズベーズジッチ　臆病者！（アルベーニンにとびかかろうとする）

アルベーニン　（脅かすように）さあ、かかって来い。でももう近寄らず、出て行ったほうがいい。もし私が臆病だとしても、今の君は、臆病者を脅かすことさえできないよ。

ズベーズジッチ　よーし、きっと戦うようにしてやる。皆に貴方のふるまいや、私が悪党でなかったことをしゃべってやる。

アルベーニン　そのことはもう、折り込み済みだ。

ズベーズジッチ　僕が貴方の妻と一緒だったことも、言ってやる。腕輪のことも思い出すがいい。

アルベーニン　そのことで、私は君をもう罰したよ。

ズベーズジッチ　（近くに寄り）私はあなたを殺すだろう……。

アルベーニン　それは君の力が決めることだ……。できるだけ早く私を殺したら、と言ってあげたい。でなければ、君の勇気はそのうちにさめてしまうだろう。

ズベーズジッチ　ああ、私の名誉は何処へ行ったのか？……貴方の言ったことを引っ込めて下さい。名誉が回復されるなら、貴方の足元にひれ伏します。だが、貴方は何も信じていない。貴方は一体、人なのか、悪魔なのか？

アルベーニン　私のことかい？　私は賭博者だよ。

ズベーズジッチ　（倒れ、顔を覆い）ああ、私の名誉、名誉は……。

アルベーニン　その通り、君は名誉を取り戻せないよ。善悪の障壁がとり除かれ、社交界は貴方を非難する。それから君は無頼漢の道をたどる。日夜一つのことを考えている間に、涙の甘さを味わい、身近な人の幸福が苦しくのしかかるだろう。愛や美の感覚は萎《しぼ》み、どんなにあがいても自分の幸福は取り戻せない！　楽しい友人は、葉っぱが腐った枝から落ちるように離れるだろう。大勢の

人の中に行くときは、赤い顔をして隠れるように通ることにな
ろう。恥は、本当の罪深い悪人以上に君を苦しめるだろう！
さあ、さようなら……。
（出て行きつつ）まあ長生きしなさい。
（彼は出て行く）

第二幕終わり

第三幕

第一場　舞踏会

光景一

女主人
私は男爵夫人を待っているのよ。でも、彼女は来るのかしら。来なければ悲しいわ。

最初の客
貴方の言っていることはわからないな。

第二の客　シトラール男爵夫人のことかね。彼女は旅に出たよ。

そのほかの客　何処に？　何の為に？　もうだいぶ前のことですか？

最初の客　彼女は今朝、この国をたったのだ。

婦人　え！　どうして出て行ったの？　彼女の本心から？

最初の客　そんなことは知りません。夢見たのか、ロマンスなのか！　彼女のことは忘れたほうがいいな。

第三の客　知っているかい、ズベーズジッチ公が全部すったよ。

第四の客　いや、彼は勝ったのだ。だが、してはならない事をやったみたいだ。そのため顔をぶたれた。

第五の客　で、決闘したの。

第四の客　彼にはその気がなかったらしい。

第三の客　何というヤクザになってしまったのだ……。

第五の客　そういうことなら、もう彼のことは知らないぞ。

第六の客　僕もだ！　何という卑劣なふるまいだ。

第四の客　彼はここにも来るのか？
第三の客　まあ、来ないだろう。
第四の客　いや、ほら、やって来たぜ！

（ズベーズジッチが入ってくる。人々は彼にお辞儀しようともしない。第五と第六の客を除いて皆立ち去るが、やがて彼らも離れる。ニーナがソファーに座る）

ズベーズジッチ　皆、我々から離れている。もうすべておしまいだ。（ニーナに向かって）貴女に話したいことがあります。ぜひとも聞いていただかなくてはなりません。
ニーナ　ええ？
ズベーズジッチ　貴女の幸せのために。
ニーナ　おかしな言い方ですね。
ズベーズジッチ　そう、おかしいですね。私の破滅は貴女のせいなのですから。

ニーナ　……。でもお気の毒に、私をぶった手は貴女を殺すでしょう……。そのことがわかってて無益な復讐をするようなことはしません。でも、気をつけてください。貴女の夫は冷酷だ。神を信じない悪党だ。貴女に災難が振りかかる予感がする。彼の悪党ぶりはまだ目に見えないだろうし、今罰することはできない……。だから、永遠にお別れします。しかし、いつかはっきりするでしょうから、私は待つことにします……。ここに貴女の腕輪がある。これはもう要らない。

ズベーズジッチ　（アルベーニンは遠くから彼らを見る）貴方は気が狂っている。公爵様、しかし貴方に怒りをぶっつけるのはばかげているわ。

ニーナ　もう最後のお別れですが、もう一言……。

ズベーズジッチ　何処へ行くの？　遠くのほうらしいわね、まさか月まで？

それほど遠くではないが、コーカサスまで。（出て行く）

女主人　（他の人たちに）ほとんど揃いましたね。ここは狭くなってきました。さあ皆さん、広間へ行きましょう。

（彼らは出て行く）

光景二

アルベーニン　（一人。独り言）皆が知っていることを疑ってみることがあろうか？　俺は今、皆から棘ある言葉で苦しめられている。皆の目から見れば、俺は可哀想な愚か者ということになるだろう。私が懸命にやったことで、一体どんな成果があったのだろうか？　かつては一言のしゃれですべての人を黙らせたあの力は何処へいったのか。二人の女がその力を奪った。そのうちの一人は……ああ、私は彼女を愛している。愛していたのに、ひどく裏切られた。……いや、彼女を他人に渡すことはしない。それに他人は我々を裁くことはしないだろう……最後の判断は自分でしよう……そして彼女を罰することになる。我が裁きはその時になるだろう。（彼は心臓を指差す）彼女に死んでもらう、もはや彼女と一緒には住めない……。別々に暮らすか？（この考えに恐れている）もう決めた。彼女は死ぬ。その決心は変えない！　彼女は花あるうちに私のようなゴロツキに愛され、他人を愛し、そのために死ぬことが決められていたのだ……。そう、はっきりしている！……こんなことがあってどうして生き続けられるものか？　見えない、すべてを見渡す神様、彼女の命を受けとって下さい、どうぞ。私は貴方のものをお渡しします。彼女を許し、祝福して下さい。だが、私は神ではないので、彼女を許すことが出来ません。

（音楽が聞こえる。彼は部屋を行きつ戻りつし、突然止まる）

十年ほど前から俺は放蕩な生活をはじめ、ある晩最後のコペイカまで失ってしまった。それで初めて金の価値がわかったが、命の尊さには気づかなかった。絶望のあまりふらふらと毒を買いにでて、血が騒ぐままにカードテーブルに戻った。片手にレモネードのコップを持ち、もう一方には四枚のスペードを持っていた。私の最後のルーブルが毒の粉と共にポケットに入っていた。……危険は大きく、しかし幸運が私についた。一時間のうちに今まですったものを全部取り戻した。それ以来、悩みがあればその毒を、摩訶不思議なおまもりとしている。人生の土砂降りの日に使うつもりでしまっていたが、それは間近いようだ。（急いで出て行く）

光景三

彼のセリフの終わりごろ女主人、ニーナ及び数人の貴婦人たちが、それぞれの相手を伴って入ってくる。

女主人　少し休んだほうがいいようね。

婦人の一人　（他の婦人に）ここは暑すぎてとろけちゃいそう。

客　パブローブナ、何か唄ってくださるでしょうね？

ニーナ　新しい歌は知らないいし、古いのでは退屈だろうし……。

婦人　とにかく唄って、ニーナ？

女主人　一時間も唄ってほしいと頼ませるような無駄なことはさせないわよね？

ニーナ　（ピアノに向かう）よく聞いてちょうだい。こんな罰を受けることで、私の才能がばれてしまうわ。（唄う）

貴女はかの男性と、突然、
悲しげな、一抹の涙を垣間見る。
喜びと希望に沸き、
恐れを消してしまう。
情熱の虫が心に這いずり、
愛の抱擁に抱かれる。
幸せの気分が高まり、
その高まりを抑えられない。
だがその情熱の虫が、
貴方のお顔に出てきたら、苦しんだ貴方は、
私の前から消えるでしょう。

光景四　前光景の人とアルベーニン

光景三の終わりにアルベーニンが入ってきて、ピアノに寄りかかる。彼を見て、ニーナは唄うのをやめる。

アルベーニン　どうして続けないのかい？

ニーナ　どうやら残りの詩を忘れたみたい。

アルベーニン　お望みなら、思い出させてあげるよ。

ニーナ　（困って）どうしてそうしたいの？（女主人に）気分が悪くなったわ。（立ち上がる）

最初の客　（別の人に）流行の歌には、婦人が唄えないような言葉がありますからね。

第二の客　わが国の言葉は、女性のむら気に合わせるには無骨すぎますよ。

第三の客　その通り、わが国の言葉は誇らしい。しかし、野蛮人は気ままにやって意思をまげないのに、我々はまげてしまう。

アイスクリームが配られる。客たちはわかれて、舞踏会の隅に移ったりひとりで他の部屋に行く。

アルベーニンとニーナが二人だけ残される。見知らぬ人がステージに現れる。

ニーナ　（女主人に対し）あそこは暑すぎるわ。ちょっと部屋の隅で休みましょう。

（彼女の夫に）ねえ、貴方、少しアイスクリームをいただけないかしら？

アルベーニンは肩をすくめ、アイスクリームを取りに行く。戻りながらその中に毒を入れる。

アルベーニン　（独り言）死よ、うまく働いてくれ！

ニーナ　（彼に向かって）何だか気分が重いわ。何かいやなことが起こりそう。

アルベーニン　（独り言）時には、予兆というものを信じる。（彼女にアイスクリームを渡す）これをとってくれ。これは退屈の気付けだよ。

ニーナ　でしょうね。熱を冷やしてくれるわ。（食べる）

アルベーニン　どうすべきか？　人に飽きるのを避けるためには、馬鹿になったり、裏切ったりすることを学ばねばならない。それが世の中を丸く治めることになるのだ。

ニーナ　その通りだわ。恐ろしいことね……。

アルベーニン　そう、恐ろしい！

ニーナ　穢れない魂がないということは……。

アルベーニン　私はかつて、それを見つけたと思ったが空しかった。

ニーナ　それはどういうこと？

アルベーニン　私はこの世の中でたった一つ、清い魂を見つけたと思ったのさ。

ニーナ　顔が青いですよ。

アルベーニン　ちょっとダンスをやりすぎたかな。

ニーナ　でも貴方、一度も椅子からお立ちになっておられませんよ。

アルベーニン　まあそうだね。だとしたらダンスをしなかったからかもしれない。

ニーナ　（空になった皿を彼に渡し）これをテーブルに置いてちょうだい。

アルベーニン　（それを持って立ちながら）全て何もかも食べてしまった。少しも残っていない。残酷だなあ。（考えにふけり）私はもう決定的なことをしてしまって、後戻りできない。しかし、他の誰も彼女と一緒に死んでほしくない。（皿を床に落とし、壊す）

ニーナ　何て不器用なこと！

アルベーニン　心配しないで、私は病気なんだ。すぐ家に帰ろう。

ニーナ　ええ、でも貴方は鬱陶しい顔をして、私に怒っておられるの？話してみて。

アルベーニン　いいや、私は、今一緒にいられて嬉しい。

（彼らは出て行く）

見知らぬ人　（一人残って）どうも可哀想だ。どうにかしたいと割って入りたいという瞬間もあった……（考え深げに）しかし、運命は決めたままに進むんだろう……。そのうちに自分の出番がやってくるだろう。

（彼も出て行く）

第二場

光景一

アルベーニンの寝室、ニーナが入ってくる。その後ろに女中がいる。

女中　奥さま、お顔が真っ青。

ニーナ　（イヤリングを外しながら）ちょっと気分が悪いのよ。

女中　ええ、お疲れになっていらっしゃるのですわ。

ニーナ　（独り言）夫が私を怖がらせるのよ。どうしてだか、私にはわからない。彼は黙っているけど私を見つめる目はちょっとおかしい。（女中に向かって）時々気絶しそうになるわ。コルセットがきついのかも知れない。今日着ていたのは、似合っていたかしら？（鏡に向かって）貴女の言うとおり死人のように真っ青ね。でも、ペテルブルグの人は、皆顔が青いわ。老公爵夫人一人だけ口紅を塗りたくって赤いけど、ちょっとずるいわね。（巻き毛のカーラーを取り、毛を梳く）ショールを持って来てちょうだい。（安楽椅子に座る）新しいワルツを聴くのは素晴らしいわね。私はうっとりしてぐるぐる回りすぎたのよ。それでちょっと気が遠くなったけど、悲しかったのか、嬉しかったのかよくわからないわ。サーシャ、本を持って来てちょうだい。公爵が又、私に付きまとったわ。……でも、あの青年は、ちょっと気の毒だわ。彼が言った事は……ゴロツキとか、罰とか……、それにコーカサス……破滅……。彼はうわ言を言っているのだわ。

女中　着ているものをとりましょうか。（彼女の衣服を指差す）

ニーナ　そのままにしておいて。（考えにふける）

（アルベーニンが廊下から出てくる）

女中　私はもう、下がりましょうか？

アルベーニン　（静かに）そうだ。行ってもよろしい。（女中は出てゆかない）出て行きなさい！（彼女は出て行く。彼はドアーに鍵をかける）

光景二　アルベーニンとニーナ

アルベーニン　もう彼女は必要ないだろう。

ニーナ　貴方がいらっしゃったから？

アルベーニン　そうだ。私がここにいるから。

ニーナ　どうやら、私は病気らしいわ。頭が火のように熱い……近くに来て、手で触って。燃えているのがわかる？　どうしてあのアイスクリームを食べたんだろう……。あるいは風邪を引いたのかしら……そう思いませんか？

アルベーニン　（ぼんやりと）アイスクリームかい？　そうかもしれない……。

ニーナ　ねえ、あなた、ずっとお話したかったのよ。あなたは最近お変わりになったわ。ああ、昔、愛していただいたこと、やさしかったことがなつかしいわ。貴方の今の声はとげとげして、目は冷たい。それはあの、マスカラードからね……ああ、私は嫌い、もう二度とあんなところに行かないわ！

アルベーニン　（独り言）おやおや、今は行かないのもたやすい。

ニーナ　間違ったステップを踏むと、どういうことになるのかしら？

アルベーニン　間違ったステップとは？　それはいかんね！

ニーナ　そこから全ての問題が始まったのです。

アルベーニン　貴女は、それについて前から考えていたのだね。

ニーナ　ええ、もし貴方の判断を前から知っていたら、貴方の妻にはなっていなかったでしょう。何度も貴方を苦しめ、自分自身も悩むことになろうとは……その方が幸福なんでしょうね！

アルベーニン　それで、私の君に対する愛はどうなっていただろう？

ニーナ　でも、どんな愛なんでしょうね？　私にとってどんな類の人生だったのかしら。

アルベーニン　（彼女の横に座り）その通り。人生とは一体なんだろう？　人生とはむなしいものだ。血が血管を力強く巡っている間は、世の中全てが喜びであり、慰めでもあるが、しかし欲望や情熱がなくなり、全てが暗くなった時には、人生は何なんだろう？　古臭い子供の言葉遊び、それは最初に出生があり、次には恐ろしいほどの気苦労や不意の怪我が続いて、最後には死がやって来て、全てがまやかしだったというわけさ。

ニーナ　（胸を指差し）ここが焼けるように熱いわ。

アルベーニン　それはやがておさまるだろう。何でもない。黙って聞いてくれ！人生は美しい間は貴重だが、その期間は長くない……人生は舞踏会のようなもので、楽しく舞踊り、暫くは明るく澄んでいる……。

けれども家に帰り、皺くちゃになった服を脱ぐと、疲れてしまって全てを忘れる。若いうちに、魂が虚無に慣れてしまう前に、人生におさらばしたほうがいい。君の心が過去に縛られ、死に面して苦しむようなことになる前に、あの世に飛んで行ったほうがいい。だがこのような幸運は誰にでも与えられるものではない。

ニーナ　ああ、そんなこと、私は生きたい。

アルベーニン　何のために？

ニーナ　そんなこと言わないで、エフゲーニー。私は病気なのよ。痛むわ。

アルベーニン　でも、君の痛みよりもっと大きく、恐ろしい痛みがあるのでは？

ニーナ　どうか医者を呼んで。

アルベーニン　人生は永遠だが、死は一瞬だ。

ニーナ　でも、私は生きたいんです。

アルベーニン　だがあの世では、殉教者を慰めてくれる。

ニーナ　（恐れて）どうかお医者さんを早く呼んで下さい。

アルベーニン　（立ち上がり、冷たく）私は呼ばないよ。
ニーナ　（沈黙の後）きっと、それは冗談なんでしょうね……。しかも、無神論者の冗談でしょう。死んでしまう、早く行ってちょうだい。
アルベーニン　どうして？　君は医者無しでも死ぬのでは？
ニーナ　貴方は悪党でも、エフゲーニー、私は貴方の妻だわ！
アルベーニン　そうだ！　わかっている……わかっているさ！
ニーナ　ねえ、可哀想に思ってくれないの。私の胸は焼けているのよ。もうすぐ死ぬわ！
アルベーニン　そんなに早く？　いやまだだ。（時計を見上げて）まだ三十分ぐらい大丈夫だよ。
ニーナ　貴方はもう、愛してくれていないのね。
アルベーニン　では、どうして愛する必要があるの？　地獄の苦しい目にあわせてくれたから？　いいや、君が苦しんでいるのをみて喜んでいる。喜んでいるとも。神様、おお神様、君が愛を求めているなんて！　かつては君を愛したが、どれくらいこの愛に値打ちがあったのか知っていたのかい？　そのとき私の方から君に見返りを求めただろうか？
君の顔の優しい微笑み、親しみを込めたまなざし……しかしその中に何を見たのか？　裏切りと背信だけだったのだ。偽りのキスで裏切られたのが本当だったのだろうか。どんな言葉をかけられても魂を捧げていた私をこんな形で裏切った、しかも素早く。

ニーナ　ああ、私が誤りに気づいていたら、そうしたら……。

アルベーニン　静かに。私は気が狂いそうだ……いつこの苦しみが終わるのだろうか？

ニーナ　私の腕輪……公爵が見つけて……そして、貴方はどこかのお節介に騙された。

アルベーニン　そうだ、私は騙されていたのだ！　あるいは私がまちがっていたのか……幸福になることを夢見ていたし、新しい出発で生活をやり直し、信頼を取り戻せると考えた。だが、運命の時がやって来て、死にかけた人が錯乱状態になるように全てが終わった。私は無邪気な夢を求め、以前のような心を開花させる全てのものを求めたかもしれないが、君はそれを求めなかったのだろう。さあ、泣くがいい！　ええい、女性の涙とは何だったのだろうね、ニーナ？　ただの水さ！　私が泣くかって？　男が？　そう、私は泣いた。恨み、嫉妬、苦悩、恥で泣いた。男が泣く時はどういうことになるか知らないだろう！　そのときは誰も近くに寄れないし、その男の手には死と、心には地獄があることを！

ニーナ

(泣きながら跪き手を上げる) 天の神様、憐れみたまえ！　彼は私の言うことを聞こうとしませんが、貴方には聞こえるでしょう。貴方は全てを知っていらっしゃるし、私の罪無きことを正しく証してくださる。

アルベーニン

止めろ、神の前でも、嘘をつく気か？

ニーナ　いいえ、私は嘘を言っていません。私は偽りの祈りで、神を汚したりしないわ。私は殉教者の魂を捧げます。神様は私を守り、貴方を裁かれるでしょう。

アルベーニン　（腕を組んで、歩き回る）さあ、お祈りの時だ。ニーナ、君は数分のうちに死ぬだろう。そして君の死は他の人にはミステリーとなるだろう。神のみが我々を裁かれる。

ニーナ　何ですって、今死ぬの？　たった今……それはないでしょう！

アルベーニン　（笑いながら）君が狂いそうになるのは分かっていたよ！

ニーナ　死ぬ？　死！　本当だろうか？　私の胸は焼けている……。まるで地獄のようだ……。

アルベーニン　そうだ……。舞踏会で君に毒をもったのだ。（沈黙）

ニーナ　信じられないわ……そんなはずはないわ……貴方は冗談を言っているのよ……。（彼女は彼に身を投げ出す）貴方はそんな怪物ではないわね！

いいえ！　貴方は魂の底に善良さをもっていらっしゃる。……貴方は人生の盛りにいる私を冷酷に殺すことはできない。そんなに背を向けないで、エフゲーニー。これ以上私を苦しめないで。私を助けて、この恐怖を取り去ってちょうだい……私を見て！（彼の目を見ようと、背をそらす）ああ、貴方の目に死が！

（彼女は椅子に倒れ込み、目を閉じる。彼はそばにより彼女にキスをする）

アルベーニン

そうだ、君は死ぬんだ！　私はここにひとりで残る！　恐ろしいことだ！　だが、君は！……恐れないで、美しい世界が開かれ、天使が永遠の眠りに連れていってくれる。（彼は泣く）そう、私は君を愛している……。そして私は持っているもの全てを投げ捨てた。復讐にも限りがあり、これで終わりだ。ご覧！君を殺した者が子供のように、前ですすり泣いている……。（沈黙）

ニーナ　（彼から離れて立ち上がる）助けて！　ここよ！　死にそうなの。毒のためよ、毒よ……。でも聞こえないわね……。貴方は用意周到だもの。誰もきやしないわ。でも、覚えておいて。天からの正義がある。私は呪うわ。人殺し。（彼女はドアまで近づけず、気絶して倒れる）

アルベーニン　（苦々しく笑い）呪うだって？　今さら何を言うのか？　私は神に呪われたのだ。（彼女に近づく）可哀想な生き物だ。彼女は、この罰にたえられないのだ。（腕を組んで立ち上がる）彼女はなんと青白いんだろう。（震える）だが彼女の様子は平静そのものだ。悔いの陰も、反省の陰も見られない……そんなことがあろうか？

ニーナ　（弱弱しく）さようなら、エフゲーニー。私は死にますが無実です。貴方はならず者です……。

アルベーニン　いや、いや、話しかけるな。嘘をついたり、ごまかしても、今となっては助からない……。早く言ったら、君は私を騙したんだと？　地獄ででも、私の愛を冗談にすることはできないよ……。何も言わないのか。こんな復讐が、君にはふさわしいよ。もう仕方がない、君は死ぬんだ……。誰もこの真相が分からないことははっきりしている。

ニーナ　もう、どうでもいいわ。だけど私は、神に誓って無実だわ。（彼女は死ぬ）

アルベーニン　（彼女に近づき、離れる）彼女は嘘を言っている。（椅子に倒れこむ）

第三幕の終わり

第四幕

第一場

光景一

アルベーニン

（テーブルの近くの長椅子に座る）私は罰を下す為に力を入れすぎた。葛藤して、不安の中で、いつわりの平安を味わっている！……時々、私の魂は、望みもしないのに見ている夢の中のように彷徨い、何かが起きそうな予感で、心が痛む。全てが終わったのだろうか？　この世にはまだ新しい苦しみがあるのでは？……馬鹿なことだ！　そのうちに、日が過ぎて忘却が始まり、年毎に重なる重みで想像力も消えてしまう。平和が再び私の心におとずれる！（歌を口ずさみ、突然頭を上げる）しかし、私は自分を偽っている！　いや、記憶ははっきりしている！……彼女が懇願し、無情に苦しむのを見た。ええい、出ていけ、出ていけ、執念深い蛇め！　どうして蛇を目覚めさせたのだろう？（手に頭をうめる）

光景二

カザーリン

（物静かに）アルベーニンはいるかい？　彼は悲しんで溜息ばか

りついている。この喜劇を、どのように演じているのだろう。(アルベーニンに)貴方の悲嘆ぶりを聞いたよ、相棒。それで急いでやってきた。一体どうするつもりかね? 全ては運命の手の中にあり、誰にでも起こることだ。(沈黙)
それで今は十分だ、ね、オジサン、自分の仮面をとってみたら。わざとらしい顔を私の前で装っている必要はないね。それは普通の人には通るが、君や私は共に役者だ。どうだ、どうしてそんなに真っ青になったか話してみたら。人は君がずっと起きていて、カードをしていたと思うだろうな! えい、この古狸め! しかし後でゆっくり話ができるだろう。君の親族が今やってくる。きっと死者に最後の敬意をはらう為だろう。
またの日までさようなら。
(彼は出て行く)

光景三

親族が到着。

婦人　（いとこに）神は彼を呪ったのでしょう。彼は悪い息子であったように悪い夫だった。店へ、服の材料を買いに行かねばなりませんわ。私には今収入がないので、親族の為に身を滅ぼしてしまうわ。

いとこ　オバサン、どうして彼女は死んだの。

婦人　それはね、煌びやかな社交界が馬鹿げているからだわ。貴女もいずれこんな不幸を経験するでしょうよ。

光景四

医者と老人が死者の部屋から出てくる。

老人　彼女はあなたの来る前に死んだのですね。
医者　彼女の死に間に合わなかった。……だから、ダンスとアイスクリームは取り合わせが悪いといつも言っていたのだ。
老人　棺の覆いの布は高価なものでした……。あの金襴《きんらん》を見ましたか？この春、私の弟も棺に同じようなものを飾っていた。（出ていく）

光景五

医者　（アルベーニンに近づき、彼の手をとりながら）君は休んだほうが

アルベーニン　いいよ。

医者　（肩をすくめて）おお！（独り言）私の心臓ははりさけそうだ！

アルベーニン　今夜は悲しみが多すぎるだろう。ちょっと寝たほうがいいよ。

医者　そうしよう。

アルベーニン　起こったことは仕方がないさ。せいぜい自分のことを大事にするんだなあ。

ご心配には及びません。私は倒れない。今まで心配事はいっぱいあった。……だがまだ生きている……幸福が欲しかったし、神様は天使の姿でその幸福を私に送ってくださった。だが自分のくさい息は神聖さを汚し、見てのとおり、この美しい創造物を……冷たく死んでいる。私の人生で一度だけ、自分の名誉を犠牲にしてまで、知らない男を破滅から救ったのに、そのお返しに彼がやったことは何なのか？　笑って冗談を言い、一言も断らずに私の持ち物を全て奪っていった……全て。それは一時間もかからなかっ

た。（出て行く）

光景六

見知らぬ人とズベーズジッチ公爵が入ってくる。

見知らぬ人　アルベーニンさんに会えるかお尋ねしてもよろしいか？

医者　はいとは言いにくいよ。彼の妻が昨日亡くなったので。

見知らぬ人　それはお気の毒です。

医者　彼はそれで大層取り乱しています。

見知らぬ人　本当にお気の毒だ。でも家にはおられますか？

医者　彼は家にいます。はい。

見知らぬ人　彼に大事な用事があるのですが。

医者　貴方は彼の友人でしょうね。勿論。

見知らぬ人　いいやまだ……。だができれば友達になりたくてここにやって来たのです。

医者　彼の病気は相当重い。

ズベーズジッチ　（恐れて）意識がないのですか？

医者　いえいえ、彼は歩きまわり、しゃべっています。望みはあります。

ズベーズジッチ　おお、神様。

（医者は出て行く）

光景七

ズベーズジッチ　やあ、遂に！

見知らぬ人　貴方の顔は真っ赤だ。自分の決心を変えたりしませんね？

ズベーズジッチ　貴方の疑問には根拠があると保証できますか？

見知らぬ人　ねえ、我々二人は共通の目的を持っています。二人とも彼を嫌っているが、貴方は彼の心のうちを知らない。それは奥深く、陰気で、墓の扉のようだ。それを開けば、永久に埋葬される。私は自分の疑惑をただしたいと思っている。彼は憐れみや赦しなど、経験したことがない。……怒った時は仕返しをする！　仕返しが彼の目的で、彼の人生の不文律なんだ。きっと彼の妻はこんなに早く死ぬことはなかったのだ。貴方と彼は敵同士だと知った今や、お助けしたいと思っている。貴方が戦うなら、私はそれなりに助太刀し、その光景の証人となりましょう。

ズベーズジッチ　だが、君は私が昨日彼に侮辱されたのをどうして知ったのだ。

見知らぬ人　それはお話しますが、退屈ですよ。それにそのことは皆、噂してますよ。

ズベーズジッチ

見知らぬ人

ズベーズジッチ

見知らぬ人

ズベーズジッチ

見知らぬ人

（公爵は脇に移る）

それは耐え難いな！

又、貴方を悩ませることは疑いない。

どんな侮辱か知ってはいないでしょう。

侮辱？　いや、経験を積めばそんなことは忘れられるでしょう。

一体貴方は何者ですか？

どうして、私の名を知りたいと思われるのですか？　私は貴方をお助けしましょう。私は真面目に貴方の名誉を守ろうとしているのです。貴方はそれ以上のことを知る必要がない。だが待って！　彼がやってくる。ゆっくりと重々しい足音が聞こえますか？　彼だ。ちょっと離れましょう。私は彼に用事がある。その後、貴方も彼の前に出られるでしょう。

光景八

アルベーニンがろうそくを持って出てくる。

アルベーニン

死！　死！　ここにもあそこにもこの言葉がだんだんと染み込んできた。約一時間も私は彼女の動かない体を見つめた。説明もできない苦悩で心が一杯になった。彼女はきれいにしてもらって、穏やかで、子供のような自由な姿をしている。永遠が彼女の前に大きく扉を開けるとき、彼女の微笑は静かに開き、彼女の魂はその運命を読む。私が悪かったのだろうか？　それはありえない……私が間違っていたって？　誰が彼女の無実を証明できるだろうか？　できやしない。私自身で十分な証拠を集めたではないか！　私は彼女を信頼しなかった。では、誰を信頼したらよいのか？　私は情熱的な夫だったが、冷たい判事でもあった。……誰が疑惑をはらえると言えるのか？

見知らぬ人　私が言えます。

アルベーニン　（最初は驚き、一、二歩下がり、彼の顔近くにろうそくをかかげる）
貴方は誰？

見知らぬ人　私を知らないと言っても驚きませんね、エフゲーニー。だが我々は友達だったのです。

アルベーニン　で、貴方は誰なんですか？

見知らぬ人　私は貴方のよき守護人です。気づいておられないが、私は何時も貴方と共にいました。何時も別の顔を持って、違った服を着て、
私は貴方の全ての行動、考えなどを知っています。最近はマスカラードで貴方に警告を差し上げました。

アルベーニン　（肩をすくめて）私は予言をするような人が好きではない。すぐに出て行っておくれ、真面目に言っているのだ。

見知らぬ人　それで判りました。しかし、はっきりしたご命令や脅しの声で

アルベーニン
見知らぬ人

も出ていきませんよ。さあ、あなたが私を知らないことははっきりしました。私はずっと持っていた目的をいよいよの時に捨てるようなタイプではない。私は自分の目標を達成し、その頂点に立っています。死んでも、後ずさりしませんよ。

私も同じだが、それを誇ったりしないよ。(座る)さあ聞こう。

貴方は昔、私を賭博に誘ってつきまといました。……私の財布はいっぱいで、更に幸運がついていたのです。それで貴方と勝負するテーブルにつき、負けてしまった。私の父は厳しく、けちな人だったので、叱られないように負けを返そうとした。そのとき貴方は若かったが、私は貴方の術中にはまり、再び負けて……全てを失いました。私は絶望して……そのときの私の涙や懇願を覚えているでしょう。だがそれは、貴方の笑いを誘うだけだったのです。……いっそのこと、剣を私に突き刺してもらったほうがよかった!

だがその時は、貴方は予兆に気づいていなかった。今になって、初めて悪い種がそれに合う果実を結んだのです。

（アルベーニンは立ちあがあろうとするが、考えにふける）

その時から私は全てを捨てた。女も、愛情も、若者に与えられるべき祝福も、優しい夢も、甘い憧れも。それで私に別世界が開けたのです。奇妙な新しい感情の世界、社会の余計者の世界、自分勝手な精神や冷めた情熱、ぞくぞくするような苦痛の世界です。私は金が世界を支配することに気づいたので、それに頭を下げた。年月が流れ、全てがすばやく過ぎていった。富と健康、幸福への扉は私には閉じられた！　私は運命と最後の約束をするためにここにいるのです。ああ、貴方はふるえている。……貴方は私の目的と話したこと全てを理解している。もう一度知らないと言ってみたらどうです？

私は貴方を知っている！　……出て行け！

アルベーニン

見知らぬ人

出て行け？　言えるのはそれだけ？　貴方は私のことを笑ったが、今度は私が笑う番だ。貴方は金持ちになって、幸福な結婚をしたという噂を聞き、私は悲しかった。私の胸は疼き、どうして貴方が幸福なのかを思い悩み、ずっと考えていました。そうしたら、何かのささやきがはっきりしてきたのです。行け、行け、それで彼の邪魔をしてやれと。それで私は群衆の中に紛れ込んで、疲れることなく貴方の後をつけて全てのことがわかったのです。今、私の努力は報われました。そうでしょう！　私は見つけたようだ……（ゆっくりと時間をかけて）よく聞きなさい。……貴方は自分の妻を、殺したんだ！

（アルベーニンは跳び上がり、ズベーズジッチが近づく）

アルベーニン

彼女を殺した？　私が？　公爵！　おお、これはどういうことだ？

見知らぬ人　（そっと立ち上がる）これで、言いたいことは全部言った。残りは彼に言わせてやろう。

アルベーニン　（怒って）ああ、それは陰謀だ。……よろしい……私は貴方の手のうちにある。誰が貴方を止められようか？　私ではない……貴方が今、主人なのだ……。私は貴方の足下に跪いている……私の魂は貴方に見つめられると震える……。私は馬鹿だ、子供だ。私は貴方の言葉に対して返す言葉もない。騙されやすく、瞬時に敗れた私は、首切り役人の前に静かに頭をたれましょう。だが私にはまだ良心や、力や、経験が残っていることを見抜けないのかね？　貴方に昔のように支払わないと、全てが彼女とともに葬りさられるのか。貴方の意見では、私が間違いを犯し、流言に頭を低くたれているというわけだね。だが貴方はこのようなシーンをうまく考えましたね……。だが、結果について想像してみましたか。この少年の頭の中には、私と戦いたいという願望が叩き込まれている。平手打ちでは十分ではなかったようだ。もう一発ぐらいは望んでいるだろう。そうだ、君はそれを食らうことになろう。君は人生に退屈しているんだ！　それは不思議ではない。馬鹿者たちや、町の片隅のドンファンの人生だからだ。貴方はきっと殺される。貴方の名は死ぬ。それはヤクザの死だ。

ズベーズジッチ　そのとおり、行きましょう。

アルベーニン　よろしい、さあ行こう。

ズベーズジッチ　今は、私は幸せです。

見知らぬ人　(彼を止めて) そうです。だが、肝心なことを忘れている。

ズベーズジッチ　(アルベーニンを押しとどめ) ちょっと待って下さい。貴方は彼女に残酷すぎた。

アルベーニン　貴方の袖の中は、冗談でいっぱいだね。

ズベーズジッチ

いやいや冗談ではない。誓って言いますが、腕輪は男爵夫人がちょっとしたアクシデントで見つけ、私にくれたものです。私は間違いを犯そうとしたが、貴方の妻は私を拒絶したのです。もし、この過失からこんなにも悪いことが起きるのを知っていたら、微笑やまなざしを求めようとはしなかったでしょう。ここに男爵夫人からの手紙があり、全てが明らかになっています。早く読んで下さい。時間がないので……。

（アルベーニンは手紙を取り上げて読む）

見知らぬ人

（わざと目を上に上げて）摂理が悪者を押さえつけている。無実の女性が死ぬなんて哀れなことだ！　ここでは悲しみだけが待っていたが、天国に彼女の救いはある。私は彼女を一度見たことがある……彼女の目は、はっきりとその魂の清さを示していた。

アルベーニン　一時の嵐が、この美しい花を踏みにじるなんて誰が考えただろう？　不幸せな男、どうして黙っているのだ？　髪をひきむしって叫んだらどうだ。「なんて恐ろしいことだ！」

（彼らに駆け寄り）お前たち処刑人を殺してやる！（突然弱くなり椅子に倒れる）

ズベーズジッチ　（彼を荒々しく突き放す）悔いたって、もう遅いよ。このピストルが待っている。我々の決着はまだ済んでいない。

……彼は静かだ。何も聞いていない！　もう彼は気が遠くなっている……。

見知らぬ人　多分……。

ズベーズジッチ　貴方は全てを無駄にした。

見知らぬ人　我々は違った目的を持っていた。私は仕返しをした。だが貴方の方は、もう遅すぎるようだな。

アルベーニン　（恐ろしい顔をして立ち上がる）ああ、何を言ったんだ？　……私には何も残っていない。私は確かに怒っていた……。神様、助けて下さい、助けて下さい……。（笑う）しかし涙を流しても、文句を言っても、お祈りをしても、お許しにならないでしょうね？（膝からくずおれる）私はお二人の前にいる、跪いて。彼女の裏切りははっきりしていたのではないのか？……私は、貴方に彼女を責めてほしいのだ。

彼女は無実なんだろうか？　もしそこにいたのなら、私の心を見すかすことができるのか？　私は彼女が懇願していたように、許しをこうている。

悪いことが起きていた……間違いがあった！　彼女はそう言ったのだが、私は嘘だと言った。

（立ち上がる）私はそう言ったのだ。

（沈黙）だが、今話そう。私は彼女を殺していない。

（見知らぬ人をじっと見つめる）本当のことを早く言ってくれ、私

見知らぬ人　に、率直に。その涙を天に戻したくないほど、私は彼女を愛していた。しかし、私は君を赦すよ。（彼の胸に倒れこみ、泣く）

（荒々しく彼を押しのけ）しっかりしろ！

（ズベーズジッチに）彼を外に出してしまおう……。外の空気を吸ったら気分がよくなるよ。

アルベーニン　（アルベーニンの腕を掴む）アルベーニン！

もう、再びお会いすることもないだろう……。さようなら……。

ここに私がいるぞ！　ここだ！　私は帰ってきたぞ。

（突然走り、妻の棺が置いてあるところへ走っていく）

見知らぬ人　この誇り高い精神も、今日、めちゃめちゃになった！

（野獣のような唸り声と共に戻る）

アルベーニン　ここを見ろ、ここを！（ステージの中央に走り寄る）

君は残酷だと言っただろう！

（床に倒れ、じっと見据えたまま半分よりかかるように座る。ズベーズジッチと見知らぬ人は彼を見下ろすように立つ）

ズベーズジッチ　彼は気が狂ったのだ……。今はもう幸せだ。だが私は？平安と名誉を永久に失った！

終わり

あとがき

彼女の名はイーヤ・レーベエジエバ、我々はイーヤさんと呼んでいた。苦しい受験勉強の後、私が入ったのは大阪外語大学。しかし入学後の勉強はスタカン、スタカーナとロシヤ語文法の活用変化を覚える毎日で、馬鹿馬鹿しくなって学校に行かなくなったことを覚えている。

二学期になり、久しぶりに学校に出るとイーヤさんのマスカラードの朗読が始まっていた。「現代の英雄」などを書いた、あの有名なレールモントフの作品である。ニヒルで皮肉な性格のアルベーニン、単純な性格の妻のニーナ、イーヤさんの性格がそのまま反映されていたようで、彼女の説明はそれなりに面白かった（ロシヤ語はチンプンカンプンだったが）。イーヤさんはチタの裁判官の娘で、学歴は師範学校だけだったように聞いていた。皆、その単純な性格にうんざりしていたように思う。只、ロシヤの女性なのだろうか、いろいろ唱歌を教えてくれた。小生は同志社で楽譜になれていたので、イーヤさんの持ってきた楽譜を読むお手伝いをした。

今でも覚えている歌は、

ボルガのほとり
ノヴゴロッド近郊を
矢が飛ぶかのように速い
小舟が用意されている

Вниз по Волге реке
Близ по Новгорде
Снаряжён Стружок как
Стрела Летит

である。何年か前にバーで歌ったところ、外語のロシヤ語の先生が唱和してくれたので、有名な歌だと思う。

ところでイーヤさんだが、皆を呼ぶときには必ずガスポジーン○○と呼んだ。その後の左翼の人のように、タバーリシチとは決して言わなかった。今でも彼女の人間尊重の精神が伝わってくるようで懐かしい想い出である。

このレールモントフの作品は結局、最後までわからずじまいだったが、アメリカに勤務している時、小生の想いを理解して図書館で英語訳を見つけてくれた人がいた。七〇才で会社を辞めたときに、訳して同窓生に配ってやろうと思ったが、ロシヤ語をやっていた十三人のうち、六、七人が死亡したので、果たせなくなった。昨年、明窓出版の麻生さんに会い、彼女の熱心な勧めで活字にする決心をしたのである。本書を出版できる無上の喜びを、今は亡きイーヤさんと分かち合いたい。

レールモントフについては、プーシキンに次いで（小生の評価である）ロシヤ文学での創生期に活躍した人で、米川氏のロシヤ文学史によると。「バイロン的浪漫主義の最後の夕映えともいうべき……」人、一八四〇年モスクワに生まれ、父はスコットランドの旧家の出。母はロシヤの富裕者の娘のようだが、彼が三才の時亡くなった。その後はペンザ県（今はモルドビヤ県かもしれない）タルハーイヌに祖母アルセーニワの元で暮らしたようである。十八才の時ペテルブルグの騎兵学校に入り、一八四〇年にコーカサスに追放され、その前年に「現代の英雄」を書いたが、ニヒルな性格描写とロマンチックな面が現れている。彼は三度コーカサスに追放され、最後は友達と些細な口論から決闘になり、美しいコーカサスのピャチゴルスクで死んだ（死因にはプーシキンの時と同じくニコライ一世やベッケンドルフの陰謀が感じられる）。

「仮面舞踏会」は一八三五年七月の「読書文庫」に本人の署名入りで掲載された。しかし夫が妻を毒殺する経緯が不穏当であるという理由から、不許可になっている（「ロシヤ文学案内」金子幸彦著　岩波文庫）。しかし内容はビビッドで、上流社会の批判となっている。

訳者プロフィール

安井祥祐　（やすいしょうすけ）

1934 年京都市で生まる。1946 年同志社入学、1958 年大阪外国語大学（今は大阪大学）ロシア語科卒業、1974 年クリヤマ、ブラジル社長、1989 年、クリヤマ、アメリカ、カナダ社長、1997 年王子ゴム化成（株）社長、2004 年退職。若い時から渡航歴多く、人生の殆どを開発輸入に携わり、世界各国を回った。退職後はロシヤ語翻訳に従事し、ロシヤにも 8 回ほど行く。プーシキン、レールモントフ、ドストエフスキーが専門。若いときは英文学、特にディケンズ、ギッシングなどに熱中。

マスカラード

仮面《かめん》舞踏会《ぶとうかい》

ミハイル・ユーリエヴィチ・レールモントフ著

安井祥祐　訳

明窓出版

平成二五年四月十五日初刷発行

発行者 —— 増本　利博

発行所 —— 明窓出版株式会社

〒一六四—〇〇一二

東京都中野区本町六—二七—一三

電話　（〇三）三三八〇—八三〇三

ＦＡＸ　（〇三）三三八〇—六四二四

振替　〇〇一六〇—一—一九二七六六

印刷所 —— シナノ印刷株式会社

落丁・乱丁はお取り替えいたします。

定価はカバーに表示してあります。

ISBN978-4-89634-325-0

ホームページ http://meisou.com

ピョートル大帝のエチオピア人

アレキサンダー・プーシキン 著　安井祥祐訳

皇帝は多くの仕事を抱えながらも、寵臣イヴラーヒンの動向に常に気を配り、彼の成長ぶりやその行動についてお世辞まじりの説明を受けていた。ピヨートルはそれに満足して喜び、ロシアに帰ってくるようにすすめた。

（中略）あらゆる歴史的伝承を検証しても、その時代のフランスは、軽薄で、愚劣で、贅沢さでは他の時代とは較べようもなかった。

ルイ十四世の治世は敬虔で、重厚で、宮廷の行儀作法が行き届いていたのに、そんな形跡は何一つ残っていなかった。（後略）

この作品は未完ながらも欧米ではよく知られ、翻訳もたくさん出ている。日本語での表題でもっともポピュラーなものは「ピョートル大帝の黒奴」であるが、黒奴はニグロの響きがあり、小生の滞在したアメリカでは軽蔑語である。日本のような単一民族の国では、これでもかまわないだろうがあえて意識した。エチオピア人は古代のアビシニヤ人で、これも古代エジプト文明とも深いかかわりをもっている高貴な民族。また、イヴラーヒン（ハンニバル）も王族の一人だということが分かっている。（本文から）

定価1260円

「椿姫」探訪記——十字架の苦しみと喜び

ルチャーノ・デ・クレシェンツォ著　谷口 伊兵衛訳

フェリーニも絶賛した恋愛小説
「本書の終わりには読者は感動せざるをえず、
敏感な人ならきっと、涙を流すことにもなるだろう」

第1章　衣装係／第2章　スヴネ夫人／第3章　アルベルト・サンナ／第4章　マルグリットを探し求めて／第5章　愛の巣／第6章　教授／第7章　アルフォンジーヌを探し求めて／第8章　ジャン・フュメ／第9章　カルマ（業）／第10章　ヴェルディを倒せ／第11章　ジュリエット／第12章　夢／第13章　場面転換／第14章　逆説俳優について／第15章　一つの“事件”／第16章　若い医者／第17章　パリを、おおわが愛する人よ

〈ルチャーノ・デ・クレシェンツォ〉
1928年生まれ。ナポリ大工学部を出てから、イタリアIBM入社。支店長になってから、「ベッラヴィスタ氏かく語りき」の成功を機に退社。映画、TVプロデューサー、役者、作家としてマルチタレントを発揮している。市民哲学者。ユーモアを得意とする。

定価1890円

光のラブソング

メアリー・スパローダンサー著／藤田なほみ訳

現実《ここ》と夢《向こう》はすでに別世界ではない。

インディアンや「存在」との奇跡的遭遇、そして、9.11事件にも関わるアセンションへのカギとは？

●疑い深い人であれば、「この人はウソを書いている」と思うかもしれません。フィクション、もしくは幻覚を文章にしたと考えるのが一般的なのかもしれませんが、この本は著者にとってはまぎれもない真実を書いているようだ、と思いました。
人にはそれぞれ違った学びがあるので、著者と同じような神秘体験ができる人はそうはいないかと思います。その体験は冒険のようであり、サスペンスのようであり、ファンタジーのようでもあり、読む人をグイグイと引き込んでくれます。特に気に入った個所は、宇宙には、愛と美と慈悲があるだけ、と著者が言っている部分や、著者が本来の「祈り」の境地に入ったときの感覚などです。(にんげんクラブHP書評より抜粋)

●「ラブ・ソング」はそのパワーと詩のような語り口、地球とその生きとし生けるもの全てを癒すための青写真で読者を驚かせるでしょう。生命、愛、そして精神的理解に興味がある人にとって、これは是非読むべき本です。(ルイーズ・ライト：教育学博士、ニューエイジ・ジャーナルの元編集主幹)

定価2310円